U0087545

아몬드

손원평

來自各界的感動推薦

以主角述情障礙的視角，卻如另修棧道般潛入更幽微深刻的觀察中，爬梳了不同世代女人的處境，也深入描寫了當今韓國階級社會的景況，如安靜無聲的吶喊，讀來令人動容。

◆作家／馬欣

成長與冒險，總是一體兩面。以罕見症狀為主題的《杏仁》，描寫先天具有述情障礙的主人翁少年允載青春期階段的身心變化，是如何經由歷險而前進。然而允載遭遇的種種劫難，包括至親遭到殺害、親身經驗的暴力攻擊、摯友的墮落，實際都只是故事表面的「冒險」，真正令允載「成長」的，乃是允載不間斷對自己、對他人的追問與對話。

「為什麼會有個男人無差別攻擊他人，導致外婆死亡、母親重傷？」缺乏杏仁體而無從感知情緒的允載，內心始終沒有停止這個疑問，成為少年鮮允載成長歷程的主旋律。這是個大哉問，是少年對世界拋擲而出的深刻疑問。讀者將跟隨著允載如機器人般冷靜卻執拗的提問，思索我們該以什麼姿態活在這個世間——並且，在思索中冒險，與成長。

我們是需要對這個世界多一點提問的。也許，就從《杏仁》開始。

◆作家／楊双子

當我把自己當作主角，用他的眼光看這個世界時，忍不住嚎啕大哭了起來。這太痛，也太傷心了。

◆第十屆「創批青少年文學獎」青少年評審團評語

作者將兩名少年與他人建立關係及成長的過程，從頭到尾鉅細靡遺地描寫了出來。讀者乍看可能會以為他們是怪物，但其實裡面隱含著為了不變成怪物而努力不懈的感人奮戰精神，極具說服力。藉由角色的魅力和省思所彰顯出來的、蘊含在兩人關係間的美好，可以得知本作品在文學上獲得了一定意義的成就。

◆第十屆「創批青少年文學獎」評審委員／權汝善、金智恩、吳世蘭、鄭恩淑

我從事二十多年電影業而染上的職業病，就是無法集中注意力在超過兩小時的電影，一想到要閱讀兩百多頁的小說……不過《杏仁》一書卻令我不斷感到好奇和興味，因此很快就看完了。對於庸庸碌碌度過每一天的無數人而言，這本小說給了我們堅持下去的勇氣和力量。

◆《弓箭之戰》、《失控隧道》製作人／張元碩

《杏仁》是一本為像我這種相信「心能支配大腦」的人帶來希望的小說，說不定現代社會正集體患有「情感表達障礙」，就像這本小說，要經過瀕死般的成長痛苦，才能聞到情感時代的芬芳。漫長的冬夜過去後春天會來臨，就像春天一到植物就會生長一樣，情感也是會成長的，情感一成長，

世界也會跟著長大。閱讀這些文字時內心總是噗通噗通地跳個不停，希望在下個春天，我和你的情感能激起火花，讓一處美麗的煙火絢麗地綻放。

◆韓國小說家／孔善玉

這是韓國青少年小說的雛形，像是在反映殘酷的現實，最近青少年小說的風氣，不是主角面臨重大難關，就是直接面臨選擇「非生即死」這樣殘酷的選項，《杏仁》的主角允載也是如此。允載是個感情出了問題的孩子，但在我們的社會裡，允載真的是個特殊案例嗎？在失去同理心的世代，這本小說讓我們懂得表現痛苦、想起了他人，也開始想像另一種生活。悲劇的人們用盡全力去擁抱彼此的痛苦和傷痕，並想像著能駕馭痛苦，讓情況一點一點地好轉。像這樣試著去想像他人的一切，便是「同感」的種子，而這種子正是我們唯一能相信的約定與希望。在這個許多人雖然生理層面有所成長，但情感層面卻沒有成長的社會裡，《杏仁》是本能喚醒痛苦和同感能力的強大小說，將會在沉寂的韓國小說市場引起波瀾。

◆出版評論家／韓奇浩

不能感同身受他人的痛苦是多麼不幸的事啊！孫元平的《杏仁》卓越地描寫出如何與他人建立關係並體會對方的痛苦，進而一起成長的過程。這是個在心理年齡隨生理年齡成長時，一起度過這段歲月的「我」和「坤」之間的故事。一想起他們自見面後到成為「朋友」前經歷的那幾年，就算闔上書，還是會感到一陣鼻酸。

◆**《噗通噗通我的人生》、《醜聞》導演／李在容**

在本書中，有一名生活出奇艱難的少年，我們能明顯看出他的人生每況愈下，但出乎意料地，世界上最美好的事發生在這位少年身上。最美好的事是什麼呢？我想這麼回答：這對每個人來說都是一樣的，只要能感受，這就是最美好的事。只要我們能感受到友情、愛還有他人，這就是最美好的事。

◆**CBS廣播電台製作人／鄭慧允**

杏仁

孫元平 손원평 —— 著
謝雅玉 —— 譯

致 Dan

目次

前言

在我腦中有顆杏仁，
而你也有。
你最重視又或是
你最討厭的某人也擁有這顆杏仁。
但誰都無法感受到它，
只是知道它的存在。

簡單來說，這是身為怪物的我與另一個怪物相遇的故事。但我現在不打算告訴你結局是悲或喜，因為第一、當我說出結局的瞬間，這故事就會變得乏善可陳。第二、如此一來才更能增加你對故事的代入感。第三、最後再辯解一下的話就是，其實什麼樣的故事是悲劇還是喜劇，無論是你或我，我們永遠也不知道。

一

1

那天，六死一傷。先是母親還有外婆，再來是挺身阻擋男子的大學生。接著是站在救世軍遊行隊伍中最前頭的兩名五十多歲的男子和一名警察，最後，則是那名男子。他選擇了自己做為他胡亂揮刀下的最後一名對象。將刀深深刺入自己心臟的男子，跟其他犧牲者一樣，在救護車趕到之前，就已宣告死亡。而我，只是靜靜看著這一切發生在我眼前。

一如往常，那樣面無表情地。

2

第一個事件發生在我六歲的時候。其實在更早之前就已經看出端倪，只是到了六歲，這件事才浮出水面，比母親預想的時間晚了許多。是因為鬆懈了嗎？那天母親並沒有來接我。後來我才知道，那天母親去見了好久不見、真的好幾年沒見的爸爸。「從這一刻起，我要把你忘了。不是有新對象，而是要放下你了。」母親邊擦著靈骨塔裡褪色的塔位，邊這麼說著。就這樣，當母親的愛情完全劃下句號時，卻全然忘記了，在他們不成熟愛情下誕生的不速之客，我。

孩子們都離開後，我也慢慢走出幼稚園。要說一個六歲孩子對自己住家位置有多大的了解，其實也不過只記得是過了天橋後的某一處。走上天橋從欄杆往下看，下面的車子就好像裝了滑板，飛快地奔馳著。突然想起不知道在哪看過的畫面，就在嘴裡積滿口水，對著下面經過的車子吐口水，但是吐出的口水還沒碰到地面就消失在空氣中了。我一邊觀察這景象，一邊不斷重複這個動作，身體突然輕飄飄地，感到一陣暈眩。

——搞什麼！髒死了。

一抬頭就看見路過的阿姨正瞪著我。她就像那些只朝自己目的前進的車子，講完那句話後就直接走掉，留下我一個人。天橋往下的階梯朝各處延伸，我卻不知道該往哪走。反正階梯下的景色，不管是左邊還右邊都是一樣冷冰冰的灰色。突然幾隻鴿子撲簌簌地從我頭上飛過，我往鳥飛走的方向追去。

發現自己走錯路時，已經離天橋很遠了。那時，在幼稚園學過一首叫〈向前走〉的歌。就像歌詞說的，地球是圓的，所以我就想只要一直走下去，一定能回到家，於是便固執地踩著我笨拙又短小的步伐繼續往前走。

大馬路旁延伸出小巷子，巷子兩旁又可看到許多老舊房子，感覺都沒人住。搖搖欲墜的水泥牆上到處塗滿了不知名的紅色數字，勉強看懂的就只有「空房」兩字。

突然遠遠聽到一聲「啊」。是「啊」還是「呃」，又或是「啊啊啊」，已經不記得了，總之是個短促的叫聲。我朝著聲音來源走去，隨著聲音越來越近，叫聲一下是「呃」，一下又變成「咿咿咿」。聲音是從轉角的巷子傳來的，我立刻走了進去。

有個小孩倒在地上，是個看不出多大年紀的小男孩。一道道黑影瘋狂地朝男孩身上襲去。他正在挨打。那些短促的喊叫聲不是來自男孩，而是那些圍著他的影子們用力發出的聲音，他們不斷用腳踹他還吐口水。後來我才知道他們只不過是國中生，但那時映照在我眼睛裡的影子，就像大人一般地巨大。

男孩好像已經被打了很久，不僅無法反抗，連聲音都發不出來。只是像個布偶，被人丟來丟去。其中一人像是要做個結束，踢了男孩的側腹後，那些人就離開了。就像被潑灑了紅色顏料，男孩全身染滿了鮮血。我朝他走去，看起來年紀好像比我大，大約十一或十二歲，總之比我大兩倍。雖說如此，但看起來就像是個孩子，不會讓人想到要叫哥哥。男孩就像剛出生的小狗一樣，呼吸又快又微弱，胸膛快速起伏著。看得出來是極度危險的狀態。

我從巷子出來後，還是沒看到人，只有灰白牆上的紅色文字令人眼花撩亂。徘徊一陣後，終於看到一間極小的雜貨店。我推開門後，開口對老闆說：

——叔叔。

電視上正播著《家族娛樂館》[1]，叔叔一邊看電視，一邊咯咯地笑，好像沒聽到我的聲音。電視上的人正在進行戴著耳罩看前方隊友嘴型猜答案的遊戲，正確單字是「戰戰兢兢」。我也不知道我怎麼會記得這個單字，當時我連戰戰兢兢是什麼意思都不知道。總之有個年輕女藝人老是說出一些很好笑的答案，為現場觀眾及雜貨店裡的叔叔帶來了很大的歡笑。結果猜題時間結束，女藝人所在的隊伍還是沒答對，叔叔好像感到很可惜地撇了撇嘴。我再一次地：

——叔叔。

喊了一聲。

——嗯？

等到叔叔轉頭看我，我說：

——有個人倒在巷子裡。

但叔叔卻回我：

——是喔？

用沒什麼大不了的語氣敷衍我後，又坐回原本姿勢。這時，電視裡的人正賭上能夠逆轉局勢的高分繼續遊戲。

1. 譯註：為韓國綜藝節目，通常分兩隊進行比賽。

——說不定會死掉。

我摸著整齊陳列在櫃檯上的牛奶糖。

——真的嗎？

——對，是真的。

直到此時，叔叔才將視線移到我身上。

——這麼可怕的事情，你也講得太若無其事了。說謊可是不好的喔。

我一直在想要怎麼說服叔叔，所以沒有回話。但年紀小的我，懂的單字也不多，怎麼樣也想不出有什麼話比剛才那句更像真的。

——說不定會死掉。

只好不斷重複同一句話。

3

在叔叔報警後等待節目結束的期間、他看不下去不斷摸著牛奶糖的我而說「不想買的話就走吧」的期間，還有在動作慢吞吞的警察前往現場的期間，我不時想到那個躺在冰冷地板上的孩子，那孩子早就斷氣了吧。

但問題是，那孩子正是那叔叔的兒子。

我坐在警察局裡的板凳上，前後擺動著那碰不到地板的雙腿，交錯晃動的雙腿引起一陣冷風。已是夜幕低垂的深夜，睡意也席捲而來。正要睡著時，母親推開警局大門走了進來，她一見到我就放聲痛哭，用力地摸著我的頭。重逢的喜悅尚未散去前，警局大門哐噹一聲又被推開了。臉上滿是淚水的叔叔在警察攙扶下哭著走了進來，跟看電視時的表情截然不同。叔叔像要昏倒般地跪倒在地，全身發抖著握拳搥地，沒一會突然撐起身子開始對我大吼大叫。雖然沒全聽懂，但我理解的意思大概是這樣：

「要是你認真一點告訴我的話，就不會來不及了。」

一旁的警察邊回說幼稚園小孩哪懂那些，邊將癱軟的叔叔扶正。我很難接受叔叔的話，我一直都很認真，從未笑過也沒有興奮，更不懂為什麼我要受到這樣的質問，但因為無法用六歲小孩懂的有限語彙表達那樣的疑問，所以只能默默承受。不過母親替我大聲反駁了，剎那間，整個警局因失去小孩的人和找回孩子的人之間的爭吵而亂成一團。

那天晚上，我就像平常一樣玩著積木，是塊長頸鹿造型的積木，把長頸鹿的脖子往下摺就變成了大象。我能感受到母親的視線在我身上每一處來回徘徊。

——不害怕嗎？

母親這麼問。

——不怕。

我說。

不知道怎麼回事，那件事，就是我看到有人被打死還面無表情的事，瞬間就傳開了。從那時起，母親擔心的事開始發生了。

上小學後，事態變得更嚴重。有天在上學路上，一個走在我前面的小女孩被石頭絆到摔了一跤。因為那孩子摔倒的地方剛好擋住我的去路，我盯著她後腦勺上綁的米老鼠髮飾等著她站起來，但那孩子卻一直待在原地哭泣。突然她媽媽出現把她扶起後，斜眼瞪著我嘖嘖嘆氣。

——朋友都受傷了，你不知道要問她有沒有事嗎？雖然我也聽說了你的事，但你的狀況還真不是普通嚴重啊。

我想不到要說什麼就沒開口。感覺到有什麼「熱鬧」可看的孩子們聚集過來，嘰嘰喳喳的聲音弄得我耳朵很癢。不聽也知道說的話就跟那阿姨說的一樣，像是迴音。此時外婆出現救了我，外婆就像女超人一樣，不知道從哪突然冒出抱起了我。

——不要亂說話啊，是妳家小孩運氣不好才會跌倒，憑什麼怪別人啊？

外婆中氣十足地大吼一聲，也沒忘記要教訓那些小孩。

——有什麼好看的？一群白目。

遠離人群後我抬頭望了望外婆，外婆緊閉的雙唇向前嘟起。

——外婆，他們為什麼說我很奇怪？

外婆將原本嘟起的嘴唇收了回去。

——應該是因為你很特別。人啊，本來就不能忍受跟自己不一樣的事物。哎呀，我們家這漂亮的怪物。

因為外婆把我抱得太緊，導致肋骨都感覺麻麻的。從以前外婆就常叫我怪物，至少那個詞彙對外婆來說不是不好的意思。

4

其實我花了些時間才理解外婆幫我取的這充滿愛意的綽號。書裡的怪物都不漂亮，不對，應該說漂亮不起來的才叫怪物。但外婆為什麼要叫我漂亮的怪物呢？即使知道相互矛盾的概念連續出現時，會產生所謂的「反說」，我還是常常搞不清楚外婆的重點是放在「漂亮」，抑或是「怪物」。總之外婆說是因為喜歡我才這樣叫我，所以我選擇相信她。

母親聽完外婆說米老鼠女孩事件後便哭了起來。

——我就知道事情會變這樣……但我沒想到會這麼快……

——吵死了！要在這邊哭哭啼啼的話，就回妳房間把門關緊後盡量哭！

因外婆突如其來的咆哮而暫時止住淚水的母親，在偷瞥外婆一眼後又哭得更厲害了。外婆發出嘖嘖聲搖了搖頭，呼一聲地長嘆一口氣後，抬頭盯著天花板角落。這是在外婆與母親之間常可見到的畫面。

所謂「我就知道事情會變這樣」的意思，是指母親對我的擔心已經有一段時間了。因為我從一出生就跟別的小孩有點不太一樣，如果你問我哪裡不一樣，那就是，

我不會笑。

一開始以為只是發展較遲緩，但育兒書中有提到小孩出生三天後就會開始哭鬧。母親伸手數了數日子，已經接近一百天。

就像被下了不會笑魔法的公主，我一點反應也沒有。母親則像是來贏得公主芳心的異國王子使盡渾身解數，又是拍手，又買了各色鈴鐺擺弄，有時還會跟著童謠跳搞笑舞蹈。逗弄累了就到陽台抽著一根又一根的菸，那是知道在懷了我之後好不容易才戒掉的菸癮。我曾看過母親那時錄的影片，在汗流浹背的母親面前，我就只是，默默看著她。若說這是一個小孩的眼神，未免太過深沉而平靜。

總之，母親並沒有成功逗笑我。醫院也沒說什麼，只是不會笑而已，在嬰幼兒檢查結果中，不管是體重、身高還是行動發展，都未超出同儕平均值。小兒科醫生認為沒什麼大不了，說是小孩正健康地長大不用太過擔心就送走了母親。母親也一直努力安慰自己，我只是比別人稍微木訥點而已，但是滿週歲後卻發生了真正令人擔心的事。

某天，母親將裝有熱水的紅茶壺放在桌上，當她轉身過去拿奶粉時，我伸手去碰了茶壺，下一秒茶壺就掉了下去。茶壺一翻倒地上便灑滿了水，至今殘留的淡淡燒傷痕跡就是當時事件的動章。我嚇得哭了起來，母親便以為我從此就會開始害怕熱水和紅茶壺，因為其他小孩也是這樣。但事實並非如此，我既不怕水也不恐懼茶壺，不管裡頭裝的是燙的還是冰的，只要看到紅茶壺我就會伸手去摸。

不僅如此，就連樓下的獨眼老先生和老先生拴在別墅花圃裡的大黑狗，對我來說也不是可怕的存在。我不僅直盯著老先生滿滿眼白的瞳孔，還在母親視線暫時移開時，對著露出尖銳犬牙、兇猛吠叫著的黑狗伸出手，即使是看過那黑狗將鄰居小孩咬到流血後仍是如此，母親更是常為此急奔而來。

經歷幾次事件後，雖然母親有時會擔心我是不是低能兒，但不論是外表或行為上都看不出任何可被判定為智能低下的根據。不知該怎麼理解我這種孩子的母親，就像一般母親一樣決定往好處思考。

「是比同齡小孩更無懼又冷靜的小孩。」

母親的日記裡是這麼描述我的。

儘管如此，如果過了四歲都還不笑的話，不安也是會到達極限的。於是母親帶著我找上更大間的醫院。那天，也是我記憶最深刻的一天。就像看著水裡的東西一樣，原本模糊不清的事物突然變得鮮明起來。

一名穿著白袍的男人坐在我前方，他滿臉笑容地依次拿著各類玩具展示在我面前，還晃了晃其中幾個。後來又拿小鎚子敲了敲我的膝蓋，沒想到我的小腿就像蹺蹺板一樣朝天空彈起。男人還將手指放到我腋窩下，我覺得癢就笑了一下。最後他拿出照片問了我幾個問題，其中一張照片讓我印象深刻。

——照片中的孩子正在哭泣，因為沒有了媽媽。你覺得這孩子心情怎麼樣？

我不知道答案就抬頭看了一旁的母親，母親微笑著摸摸我的頭，接著用力地咬了咬下唇。

不久後，母親說要環遊宇宙，就帶我去了個地方，我到了才發現是醫院。雖然我問母親明明沒生病為什麼還要來這，但她沒回答我。我躺在一處冰冷的地方，被一個白色的長筒物吸進去，嗶嗶嗶，機器發出奇怪的聲音。宇宙之旅就這樣無趣地結束了。

下個畫面就是出現更多穿著白袍的男人，其中年紀最大的男人讓我看模糊的黑白照片，並說這是我的腦袋。騙人，一看也知道那不是我的腦袋，但母親好像相信了那漏洞百出的謊言頻頻點頭。每當男人開口說話時，旁邊的年輕男人就接著寫下什麼。我覺得有點無聊就摸摸腳，後來又用腳踢了踢醫生的桌子。母親制止我並把手放在我肩上，我抬頭看母親，她的雙頰上淚水正撲簌簌地流下。

後來我對那天的記憶就只有母親不斷哭泣的樣子。母親哭了又哭，哭了又哭，即使在離開診間室後仍繼續哭著。電視上正播著卡通，但我卻因為母親而無法集中，就連宇宙戰士消滅了壞人，母親還是不停哭著。後來還是坐在隔壁打瞌睡的外公大吼道：「不要再哭了！吵死了！」母親才像個被教訓的女國中生緊閉嘴巴，無聲啜泣著。

5

母親給我吃了很多杏仁果。只要是杏仁果，從美國產到澳洲、中國、俄羅斯，所有韓國有進口的種類我都吃過了。中國產有不好入口的苦味；澳洲產則有一股不知道是什麼的酸澀土味。雖然韓國也有出產杏仁，但我最喜歡的還是美國產，尤其是加利福尼亞生產的。現在就來分享，我怎麼吃飽含陽光、透出微微褐色的加利福尼亞產杏仁果的獨特方法。

首先拿起整包杏仁果感受一下裝在裡頭的杏仁果觸感，包裝底下的堅硬杏仁果摸起來十分頑固。下一步則撕掉上包裝打開夾鏈袋，此時眼睛須閉上，接著慢慢吸氣後將鼻子靠近包裝，輕輕地、有規律地呼吸著，這麼做是為了確保香氣能夠持續進到體內。等到鼻子裡充滿杏仁果香氣時，將一半拳頭大小的杏仁果放進嘴裡。用舌頭去感受杏仁果的外緣並在嘴裡滾動一會。試著碰觸杏仁果尖銳的部分，也可以用舌頭舔舔表面凹凸的地方。這個過程不能太久，因為杏仁果沾上口水後就會漸漸失去味道。這只是為了邁向高潮的準備過程，時間過短太無聊，過長則失去效果，黃金時機得自己尋找。漸入高潮時就開始想像杏仁果逐漸變大，原本如指甲般的杏仁果，慢慢變得像葡萄籽、奇異果、橘子、西瓜一樣越來越大。這時杏仁果已經膨脹到如橄欖球般大，就在這瞬間，喀滋一聲咬下去，那麼伴隨著喀滋聲而來的，就是遠從加利福尼亞飛來的陽光將一併在嘴裡散開。

特意進行這些儀式並不是因為我喜歡杏仁果，而是因為桌上無時無刻都擺著杏仁果，沒辦法逃避所以只好找吃的方法。母親認為如果吃很多杏仁果，我腦袋裡的杏仁也會跟著長大。那是母親所寄予的少數希望之一。

每個人的腦子裡都有兩顆杏仁，它們就扎實地嵌在耳後往頭頂延伸的某個深處。大小還有形狀都跟杏仁差不多，也因為長得像水蜜桃核，又被叫做「Amygdala」[2]或「扁桃體」。

受到外部刺激時，杏仁核就會亮起紅燈。根據不同的刺激性質，我們會感覺到恐懼、不悅以及各種喜歡或討厭的情緒。

但我腦裡的杏仁核好像有個地方壞掉了，就算受到刺激也不會亮紅燈，所以我不太了解為什麼別人會笑或哭。對我來說，開心、難過、喜歡或害怕這些情緒都很模糊。就連情緒這個詞彙、同感這句話，對我而言不過是模糊的印刷字體。

6

醫生們診斷我是「述情障礙」，也就是Alexithymia[3]。症狀嚴重加上過於年幼而無法被視為亞斯伯格症候群，其他發展項目上也沒有問題，所

2. 譯註：杏仁核之英文，又稱杏仁體等。

以沒有自閉疑慮。雖然說是述情障礙，但並不是無法表達，而是感受不太到。不是像語言中樞的布氏區或威氏區受傷的人那樣，在理解或組織文字上有困難，而是感受不太到情緒、難以讀懂別人的情緒，還有會搞混情緒的名字。醫生們異口同聲地說是因為我腦裡的杏仁核，也就是扁桃體的大小天生就比較小，加上腦邊緣系統與額葉間接觸不良才會變成這樣。

扁桃體小所引發的其中一個現象就是不知道要害怕，雖然說不定有人認為這樣很勇敢很幸福，但所謂恐懼，是維持生命的本能防禦機制。不知道要害怕並不代表勇敢，而是指就算車子直衝而來，也只會傻傻站在那的笨蛋。我運氣更糟，除了對恐懼的感知遲鈍外，像我這樣所有情緒都有障礙的情況是非常少見的。不幸中的大幸是，即使扁桃體大小只有這樣，倒是沒有會造成智商低下的意見出現。

醫生們說每個人的腦袋都不太一樣，所以還要再觀察看看。他們提了些意見，其中幾個讓我很感興趣，像是對於揭開至今仍未揭露全貌的神秘大腦，我可能扮演著很重大的角色。大學醫院研究團隊前來委託，希望在我長大前，能參加一個將進行數個臨床實驗並向學會提出報告的長期計畫。除了提供臨床參加費用外，還補充說，根據研究的結果也有可能像布氏區或威氏區那樣，以我的名字命名腦的某部分，「鮮允載區」。但已經被醫生們搞得很煩躁的母親卻一口拒絕了。

首先因為母親常去家裡附近的國立圖書館涉獵許多大腦相關書籍，所以知道布氏與威氏不是實驗對象而是科學家的名字，這是問題所在。母親也很不喜歡醫生們把我當作一塊有趣的肉，而不是人來看待。於是母親早早就斷了醫生們能治好我的期待，反正再怎麼樣不過就是做一堆奇怪實驗，再給我吃些沒獲得認證的藥，觀察我的反應後拿去學會炫耀，這是母親的想法。所以母親說出了大多數媽媽在激動時會說出的、再常見不過又沒說服力的一句話：

——我最了解我自己的小孩。

最後一天去醫院時，媽媽朝醫院前的花圃吐了口口水後說：

3. 原書註：Alexitymia，意即述情障礙，是最早於一九七〇年代被報導的情緒性障礙。會因童年時情緒發展不完全、經歷過創傷或先天扁桃體過小導致此現象。扁桃體過小時，在情緒中尤其不太能感覺到恐懼。但報告指出，與恐懼、不安等相關的部分扁桃體可透過後天訓練成長。本書是根據事實再加上作者自己的想像來描寫述情障礙。

——連自己腦袋裝什麼都不知道的傢伙們！

母親有時會像這樣沒頭沒腦地正義凜然。

7

母親雖然因為懷孕時受到的壓力、偷抽的幾根菸，加上最後在預產期忍不住偷喝了幾口啤酒而感到後悔，但我的腦袋之所以會變這樣，答案其實很明顯，只是運氣不好罷了，因為命運這傢伙在這世上引發的各種蠻橫不講理的事出乎意料地多。

既然事已至此，說不定母親正期待這類事情：雖然情緒沒有他人柔和，但說不定會像電影裡演的那樣，記憶力跟電腦水準差不多，或是對美的敏感度極為卓越，可以畫出令人難以置信的天才畫作。要是那樣的話，說不定還能去參加達人秀，或是隨便刷上幾筆畫出來的畫就能賣個幾千萬。但我並沒有那些天才般的能力。

總之在綁著米老鼠髮飾的女孩事件後，母親正式進入對我的「教育」。因為撇開不太能理解情緒這件事是個不幸又遺憾的事情外，其實也暗藏許多危機。

就算有人用兇惡的表情訓斥也沒有意義，像是大叫、高喊、挑眉……等，說這些動作帶有特定含義，對我來說是很難理解的事。也就是說，我無法意識到一個現象裡頭還藏有其他意思，我只會一五一十地去理解這個世界。

母親在色紙上寫了好幾個句子後，一一貼到壁紙上。在用來裝飾牆壁的壁紙上貼有這些句子：

車子靠近↓閃躲，如果車子靠近就跳開

有人靠近↓往另一側避開避免撞到

對方笑了↓跟著微笑

最下面雖然寫著：

※備註：臉上的表情，最保險的方法就是跟對方擺出一樣的表情。

但對於剛滿八歲的我來說，多少有點難懂。

貼在壁紙上的例句無止盡地多，同齡小孩在背九九乘法表的時候，我就像在背王朝的年代表一樣，背著那些句子，並將吻合的項目配成一對，母親會定期進行測驗。對一般人而言很輕鬆就能理解的「本能」規範，我則要一個個默背。外婆嘴裡雖不滿地說填鴨式教育有什麼用，但還是把要黏在壁紙上的箭頭擺了上去，因為擺箭頭是外婆的工作。

8

雖然幾年過去我的頭殼逐漸變硬，但腦內杏仁核的大小還是沒有任何改變。隨著人際關係變複雜，光靠母親提供的公式無法應付的變數也越來越多，我也漸漸成為話題人物。剛換新學年度不到一天就被當作奇怪小孩，或被叫到操場後站在大家前面給人觀賞。孩子們總是丟出很奇怪的問題，但我不會說謊，總是照實回答，也不知道那些孩子為什麼都要捧腹大笑。就這樣，雖然並非我所願，但每天都像是在母親心上插上一刀。

但母親沒有放棄。

——不能太顯眼，這樣就夠了。

那句話的意思就是不能被發現，不能被發現跟別人不一樣，一旦被發現就會變得顯眼，而那瞬間就會成為標的。單純只是車子靠近就躲開這種水準的方針已經不夠了，已經到了要想讓自己低調還需要高度演技的時候。母親不知疲倦地發揮想像力，用劇作家的水準追加了對話內容。現在還得一起背下對方說出的話中「真正的意思」，以及我話中必須包含的「適當意圖」。

母親舉例說，如果朋友拿出新的文具或玩具在說明那是什麼的時候，並不是真的在說明，而是在「炫耀」。

照媽媽的說法，這時候的模範回答是：

——好棒喔。

這話代表的情緒就是「羨慕」。

如果有人說我長得很帥或是做得很好這類正面的話（當然什麼是「正面」，這個又得另外背），這時就要回說：

——謝謝。

或者，

——還好啦。

才是正確的回答。

母親說「謝謝」是理論上的標準回答，而「還好啦」則帶有從容不迫的感覺，會讓我看起來更帥氣。當然我總是選擇最簡單的答案。

9

由於母親是大家（連自己）公認筆跡不好看的人，所以她特地為了我上網找出喜、怒、哀、樂、愛、怨、慾的漢字，並把每個字都大大地印成一張A4大小。嘖嘖，看到母親這麼做的外婆便不滿地碎念她說，做任何事都要用心才會成功。於是儘管外婆看不懂漢字，還是如畫畫般大大地描下每個字。母親把外婆寫好的字像家訓或符咒一般貼在家裡各處。

穿鞋時就會看到鞋櫃上的「喜」對我微笑；每次打開冰箱門就一定會看到「愛」；睡前床頭邊就有「樂」俯瞰著我。雖然也有很多是不分地點隨便放，但不好的，像是憤怒、悲傷、討厭等相關文字，都因為母親的迷信全貼在廁所內。隨著時間經過，被廁所濕氣包圍的紙漸漸變得縐巴巴，字也都糊掉。外婆總是會定期重寫貼上去，也不知道是不是因為這樣，最後外婆甚至到了能背下那些漢字，寫出帥氣字體的境界。

母親還創造了「喜怒哀樂愛怨慾遊戲」。母親如果說出特定情景，我就要猜對情緒。像是：如果有人給我好吃的東西，這時應該要有的情緒是？正確答案是開心和感謝。如果有人讓我覺得疼痛，這時感覺到的是？正確答案是憤怒等諸如此類的問答。

有一次我問說，那如果有人給我難吃的東西，應該要感覺到什麼？不知道是不是因為問題出乎意料，母親想了很久才回答出來。苦惱許久後，母親說一開始可能會因為食物難吃而感到憤怒（我看過幾次母親覺得食物太普通而大罵餐廳），但又說會因為對象的不同，就算是不好吃的食物也可能會感到開心或覺得感謝（這種時候外婆總是叫我要心懷感恩吃完菜，並把空碗還給媽媽）。

又過了幾年，等到我的年紀來到二位數時，對於我提出的問題，母親無法直接回答或吞吞吐吐的情況越來越頻繁了。結果是母親不願意再回答我的問題，只要我好好記住「喜怒哀樂愛怨慾」這些基本觀念。

——就算不知道複雜的東西，也要先掌握基礎。光是這樣，就算會被人覺得有點不足，但還算是在正常範圍內。

其實對我來說都沒什麼差，就像我不能分辨出各個詞彙間的微小差異，我是正常還是不正常，對我來說沒有任何影響。

10

幸虧有母親不間斷的努力及日復一日進行的半習慣性、半義務性的訓練，我也漸漸大致了解在學校平安度過的方法。升上小學四年級後，也能適當地在團體中生活，算是實現了母親所謂不要太顯眼的願望。大多數時候只要沉默就足夠，該生氣的時候如果沉默，就是有耐心；該笑時如果沉默，就是慎重的表現；該哭時如果沉默，則代表堅強，果然沉默是金。但是「謝謝」跟「對不起」則要像習慣一樣時常掛在嘴上，因為這兩句是可以度過很多複雜情況的魔法詞彙。到這裡為止都很簡單，就像對方給我一千塊，我找他三百塊零錢一樣。

困難的是我先拿出一千塊的情況。也就是說，像是要表達我想要什麼、想做什麼、喜歡什麼的這類情況。這些事之所以困難，是因為還需要額外的動力。比方說雖然我必須先拿錢出來，但我既沒有想買的東西，也不知道要拿多少出來的情況下。這就像要在平靜的湖水上硬是弄出波瀾一樣費力。

比如看到我完全不想吃的巧克力派要說出「我也想吃」，還要邊微笑問說「能不能也給我一個？」或者如果有人撞到我就走掉或是失約時，我要問說「怎麼能這樣？」還要邊哭邊緊握雙拳。

那些對我來說是最累的，既然很累就想說乾脆不要做。但母親說人如果像平靜的湖水一樣太沉默，也會被貼上奇怪小孩的標籤，所以說這種事還是要「偶爾做」。

——人類是教育的產物，你可以的。

母親說這一切都是為了我，換句話說就是「愛」，但在我看來，那更像是母親為了不讓自己心痛而做的掙扎。如果照母親這麼說，所謂的愛不過是淚眼汪汪地看著我，告訴我這時要這麼做、那時要那麼做，對每件事都嘮嘮叨叨一大堆而已。如果那就是愛，這種愛不要給也不要收會不會比較好？當然我沒說出口，因為母親的行為要領中「如果說話太直接會傷害到對方」這個美德，我可是背到口乾舌燥。

11

用外婆的說法來比喻的話，比起母親，我跟外婆「更合拍」。其實母親跟外婆除了都喜歡李子口味的糖果外，無論長相、興趣還是個性，幾乎沒有一處是相似的。

外婆說母親小時候最早在店裡偷的東西是李子口味的糖果。一聽到「最早」這兩個字，母親急著補充說那是第一次也是最後一次，但外婆呵呵地笑著說我也只是說說而已。

——小時偷針，長大沒變成偷金的小偷，就很萬幸了啊。

兩個人喜歡李子口味糖果的原因有點特別，說是因為那糖果能讓人「同時感受到甜味及血味」。閃閃發亮的白色基底上刻有一條紅線的李子口味糖果，把那糖果放在嘴裡滾來滾去是她們兩人珍貴的開心回憶。那條紅線融化得特別快，吃著吃著常劃到舌頭。

——但說起來真的滿神奇的，有點鹹的血味和甜味搭在一起居然不違和。

母親在找痱滋膏[4]時，外婆就抱著整包糖果燦爛地笑著說。奇妙的是，外婆說的話不管聽幾次都不覺得無聊。

4. 譯註：原文為ORAMEDY，是指韓國專治嘴巴破洞的藥膏。

外婆是突然出現在我生命中的。在撐不下去的母親向外婆發出求救訊號前，她們已經將近七年斷絕往來，過著各自的生活。斷絕骨肉之情的原因是為了其他男人，也就是我爸爸。

母親還在外婆肚裡時，因為罹癌過世而失去外公的外婆，為了不讓母親被人說是沒有爸爸的小孩，奉獻了整個青春，可以說她的人生都是為了小孩而活。幸運的是女兒雖然不是特別傑出，但功課也不錯，還考上了首爾的女子大學。可是那樣含辛茹苦養大的女兒，卻眼睛看上在女大前擺攤賣飾品的野男人——這是外婆對父親的稱呼。那野男人應該是拿了擺在攤上的其中一個便宜戒指套在珍貴的女兒手上，還許下會永遠相愛的誓言。雖然外婆說到躺進棺材前都不會同意，但媽媽回說愛情不是需要誰同意不同意的簽核文件，下場就是挨了一巴掌。

然而母親卻威脅外婆說，如果繼續反對的話就要懷孕。確切來說是在一個月後，威脅變成了事實。儘管外婆下了最後通牒說如果真的生下小孩，以後就再也不要見面，母親卻真的離家出走了。因為這件事，母親跟外婆的緣分「暫時」斷了。

我沒見過父親，只有看過幾次照片。我還在母親肚裡時，有個機車騎士酒駕撞上了父親的攤位，造成父親當場死亡，只留下各種不值錢的飾品。在那之後，母親更無法與外婆聯絡了，當初說要尋找愛情負氣離家出走，她不想帶著這樣的不幸回去。就這樣七年過去了，撐了又撐，撐到再也撐不下去的時候，撐到母親意識到自己無法一個人照顧我的時候。

12

我跟外婆第一次見面是在麥當勞。那天母親特別點了兩個平時不常買給我的漢堡套餐，但自己卻碰都沒碰。母親的眼睛一直盯著大門，只要有人進來，眼睛就會一會睜大一會瞇起，上半身則時而挺直時而垂下。後來我問母親，她說那是感到害怕又安心的時候會出現的行為之一。

最後就在等累了的母親拍拍屁股準備起身離開的那瞬間，門忽地打開，一陣風嗖嗖地吹了進來。一抬頭就看見一名肩膀寬厚、虎背熊腰的女人站在那。灰髮上壓著一頂紫帽，上頭插著一根羽毛，就像童話故事裡的羅賓漢。那女人，就是母親的母親。

外婆真的很高大，除了高大，我想不到其他適當的詞彙能形容外婆。硬要比喻的話，外婆就像那永遠不會枯萎的櫟樹，不管是體型還是聲音，就連影子都很壯碩。尤其是雙手，就像力氣很大的男人的手那般厚實。外婆坐在我前面雙手抱著胸，嘴巴緊閉呈一字狀一句話也不說。母親低頭喃喃自語，正準備說什麼話時，外婆用著又低又粗獷的嗓音命令道：

——先吃吧。

母親只好先將已經冷掉的漢堡一口接一口地塞進嘴裡，直到最後一根薯條消失後，母女倆還是沉默不語。我在手指上沾了口水，邊把散落在褐色塑膠盤上的薯條渣一個個沾起來吃，邊等待下一幕。在雙手抱胸的外婆面前，母親緊咬下唇直盯著自己的鞋子。等到餐盤上什麼都不剩的時候，母親終於把手放在我雙肩上，用蚊子般的聲音說：

——就是這孩子。

外婆深吸一口氣，身體向後靠並發出了哼的聲音。後來問外婆，她說那聲哼是代表「要過就過得像樣點啊，爛丫頭。」外婆用整間麥當勞都能聽見的洪亮聲音大吼道：

——好樣的啊！

每個人都在看我們，母親則哭了起來。從她那幾乎沒張開的嘴裡，一五一十地說出過去這幾年自己人生遇到的波折。對我來說，從頭到尾都只聽到抽噎的哭泣聲，偶爾夾雜擤鼻涕的聲音。幸好外婆好像都聽懂了母親說的話，原本像拴上門栓般一直緊抱在胸前的雙手，不知不覺放到了膝蓋上，流連在臉上的光澤也漸漸消失。在敘述我的事時，外婆的表情也開始變得跟母親一樣。在母親說完一切後，外婆沉默了好一陣子，突然換了個表情。

——如果你母親說的是事實，你就是個怪物啊。

母親唰地張大嘴巴看著外婆。外婆則將臉貼近我邊微笑著，那是個嘴角往上揚而眼角向下垂，眼睛和嘴巴快碰在一起的微笑。

——這世上最可愛的怪物，原來就是你啊！

說完後用力摸了摸我的頭。那時起，我們三個人的生活便展開了。

13

跟外婆一起重新生活的母親選擇的新職業是賣舊書，當然是在外婆的幫助下。但按照母親的說法，愛「秋後算帳」的外婆只要一有空就會碎念個不停。

——我為了供唯一的小孩念書，這輩子都在賣年糕，結果那丫頭書都念不好，現在居然還賣起舊書了，爛丫頭。

「爛丫頭」這個詞照字面意思解釋的話實在是很驚人的說法，但外婆無時無刻都這麼稱呼母親。

——母親對女兒說什麼爛丫頭啊？誰是爛丫頭？

——我有說錯嗎？反正人死了本來就會爛掉，我是說實話又不是髒話。

總之，因為與外婆的重聚，使得之前不斷搬家的我們終於安定下來，至少外婆不再責罵母親為什麼不做更賺錢的工作了。外婆對文字有著憧憬，所以即使家裡狀況不好，仍買了許多書給母親，希望她能成為「韋編三絕的女人」。其實外婆一直希望母親成為作家，尤其是當個終生不嫁，雖然孤獨但卻帥氣老去的「女流」作家。如果時光能倒流的話，那其實是外婆想過的人生。將母親取名為「知恩」[5]也是因為這個原因。

——知恩啊、知恩啊，每次叫名字都以為會寫出很厲害的文字，為了讓她變聰明還買很多書給她看，結果在書上學到的就是跟個無知的男人談一場愚蠢的戀愛，哎唷喂呀……

外婆常這麼碎念。

在網路二手交易已經很盛行的情況下，沒有人會認為舊書店是賺錢的生意。但母親仍堅持要開舊書店，舊書店是個性實際的母親所作的最不實際的決定。那也是母親一直以來的夢想，因為有陣子，就像外婆希望的那樣，母親也曾有過當作家的夢想。但母親說她無法將這傷痕累累的人生

5. 譯註：「知恩」與韓文「作者」的發音（지은이）相近。

化作文字，雖說應該要販賣自己的人生，但她沒有信心這麼做，也不認為那是一個作家該做的。所以她決定賣別人的書，那些已經浸透歲月味道的書們，而不是定期上市的新書。既然要做，就要選她能一一親自挑選的，那就是舊書。

書店位於水踰洞住宅區巷內，是至今仍有許多人稱為水踰里的社區。雖然我很好奇是否真的會有人來這裡買舊書，但母親信心十足。母親選舊書的眼光很卓越，也知道如何用實惠的價格買入書迷可能會喜歡的書籍。我們住的地方就依附在書店後，有兩個房間和沒有浴缸的廁所，住我們三個人剛剛好。睡到一半如果有客人找可以直接出去，如果不想起來，只要把門鎖上就好。在擦得光亮的玻璃窗上寫著「舊書店」三個字，也掛上了「知恩書坊」的招牌。開店前一晚，母親搓搓手嘻嘻地微笑。

——以後不會再搬家了，這裡，就是我們的家。

那句話成了事實。雖然外婆常碎嘴說還真稀奇，但不管怎樣，書還是賣得足夠我們生存下去。

14

我也覺得那個地方很舒服。雖說在其他人的表達裡，可能是「很喜歡」或「很合心意」，但我會的詞彙裡，「舒服」就是最好的說法了。確切來說，是我漸漸熟悉了舊書的味道，一開始聞到就像早就知道了一樣。只要有時間我就會打開書聞味道，雖然外婆常罵我說聞那些滿是臭味的舊書到底要幹嘛。

書能馬上帶我到我去不了的地方、讓我聽見我遇不到的人的告白、看到我觀察不到的那些人的人生。我感受不到的情緒、沒遇過的事物，都被秘密地收錄其中。這跟電視還有電影有本質上的差異。

電影、電視劇還有漫畫裡的世界都太過具體，沒有我能參與的空間。影像裡的故事就是拍攝出來的、畫出來的那個樣子。比方說，如果書裡有這樣一句：「在一棟六邊形的房子裡，一名金髮女子正蹺著二郎腿坐在褐色坐墊上。」那麼在電影或畫作上，女人的皮膚、表情，甚至連指甲的長度都已經被決定了。在那個世界裡，沒有任何事物是我能改變的。

書就不一樣了。因為書裡有很多空間，每個詞彙間、每個句子間都有很多空隙。我可以在那或坐或走，甚至是寫下我的想法。就算不懂意涵也沒有關係，只要隨便打開一頁就成功一半了。

我會愛你的。

即使永遠都不知道那會是罪或毒，還是蜜，我也不會停下這旅程。

就算完全感受不到那意思也沒關係，光用眼睛追隨文字就夠了。邊感覺書的香氣，邊用眼睛慢慢地跟著每個字、每個形狀和每一筆劃。那對我來說就跟咀嚼杏仁果一樣是很神聖的事。等到覺得用眼睛摸夠每個字後，這次試著發出聲音來閱讀。我會、愛你的。即使，永遠都，不，知道，那會是，罪，或，毒，還是，蜜，我，也，不，會停，止，這旅，程。

就像在咀嚼文字一樣，邊琢磨邊念出聲音，一直念、不停地念，直到背下來為止。如果不斷重複同一句話好幾次，那句話的意思就會變得模糊。之後到了某個瞬間，文字不再是文字，句子不再是句子，聽起來就像是毫無意義的外星語。到那時，原本對我來說很難理解的愛啊、永遠啊這些東西，反而讓我覺得好像變得更親近了。我一跟母親介紹這個有趣的遊戲，她便回我說：

——無論什麼事，只要不斷重複好幾次就會變得毫無意義。一開始看起來好像有什麼進展，但過一段時間後，看起來就像變了或是褪色了，到最後所有的意義都會消失得無影無蹤，透徹地。

愛情、愛情、愛情、愛情、愛情、愛、情、ㄞˋ、ㄑㄧㄥˊ、愛情、愛情愛、情愛、情愛。

永遠、永遠、永遠、永、遠、ㄩㄥˇ、ㄩㄢˇ。

這下，意義就消失了。就像一開始就是張白紙的，我的腦袋一樣。

15

季節就像在反覆記號裡遊走般，走過冬天又重新回到春天，不斷重複著。母親與外婆常因各種事吵到笑出來，而當夕陽開始下山，話就漸漸變少。等到天空都被渲染成紅色後，外婆就拿出燒酒發出「呀～」的聲音，母親也用從胸腔發出的聲音說「呀～真棒！」來配合外婆。母親說那句話的意思就叫幸福。

母親桃花很旺，即使是跟外婆住在一起後仍談了幾場戀愛。外婆說個性很差的母親之所以會吸引男人，是因為長得像年輕時候的自己。每到這種時候，母親雖然撇著嘴，但最後還是會說出「我媽那時的確是很美啊」這種無法證實的話。我對母親的男朋友並不是很好奇。母親的戀愛模式都是固定的，雖然先來招惹的通常是男人，但最後跑去糾纏的總是母親。外婆說這是因為男人要的只是談戀愛，但母親想要的卻是能夠當我父親的男人。

母親的身材很苗條。不知道是不是因為常在又圓又黑的眼睛上畫栗子色的眼線，本來就很大的眼睛看起來又更大了。長及腰的頭髮就像海帶一樣烏溜溜地，嘴唇總是塗得紅通通，令人聯想到吸血鬼。我有時會去翻找母親以前的照片，母親從小就長得像四十歲的人，所以照片裡的她看起來沒什麼變。不管是穿著打扮、髮型，就連長相都差不多，好像永遠都不會變也不會老，只有身高一點點地抽高而已。我為了聽到外婆如口頭禪般掛在嘴上說的「爛ㄚ頭」而感到心情不好的母親，幫她取了個「不會爛的女人」的綽號，但母親卻撇撇嘴說那個名字她也不喜歡。

外婆好像也不會變老，灰髮既不會變黑也沒有變白，不管是龐大的身軀或是倒入大碗裡的酒量，即使年復一年也沒有減少的跡象。

每年到冬至這一天，我們就會上去頂樓，把相機架在磚塊上一起拍全家福。在不老的吸血鬼母親與巨人外婆間的少年，只有我，在這兩個不會變的女人間獨自咻咻地長大成人。

那一年，事情發生的那一年、那個冬天，在快下初雪的前幾天，我在母親的臉上發現了陌生的東西。一開始以為是較短的髮絲黏在臉上，於是我便伸手將它撥掉，結果發現那不是頭髮而是皺紋。雖然不知道是什麼時候出現的，但已經又長又深地印在那。那時我才知道母親老了。

——原來媽妳也有皺紋啊。

聽到我這麼一說，母親微微笑了笑，結果皺紋就又被拉得更長了。我雖然試著想像漸漸變老的母親，但卻想像不太出來，畢竟這是令人難以置信的事。

——以後媽媽剩下的就只有等著變老了。

母親說這話時，不知道為什麼臉上的笑容都消失了。她面無表情地凝視遠方一會兒後，閉上了雙眼。是在想什麼呢？想像自己老了以後變成老外婆的模樣嗎？但是母親說錯了，命運並沒有給她變老的機會。

16

洗碗或是擦掉地板上的灰塵的時候，外婆總是在稱不上是旋律的自創曲中加入歌詞哼唱著。

夏天就要吃玉米、冬天就要吃烤番薯。
很好吃唷，很甜唷，趕快來嚐嚐吧！

那是外婆年輕時在客運站裡賣的東西，蹲坐在入口處等著賣給往來行人的東西。

年輕時的外婆唯一用眼睛享受過的奢侈事情，就是等東西賣完後，用眼睛盡情地掃過長到不行的客運站。其中會讓外婆看得目不轉睛的時期，就是佛祖誕辰紀念日和聖誕節。暮春到初夏時，客運站外放滿一排排花燈；到了冬天又掛滿了華麗的聖誕節裝飾品。雖然是自己工作的地方，但那些景象是外婆所嚮往的世界。粗糙地製作出來的花燈，還有那些假的聖誕樹，都是她想要擁有的東西。於是在外婆把賣玉米和烤番薯的所有收入都拿來開辣炒年糕店時，第一件事就是買下漂亮的花燈和迷你聖誕樹。無論四季，外婆的年糕店裡總是和氣融融地掛滿花燈和聖誕裝飾。

在外婆收掉年糕店、母親開了舊書店後，外婆的鐵則之一也是不管有什麼事，都一定要過佛祖誕辰紀念日和聖誕節。

——耶穌跟菩薩真的是聖人，你看祂們還選在不同季節出生。如果一定要選一個過的話，不管怎麼說還是要選平安夜吧。

外婆摸著我的頭說。

平安夜是我的生日，每到那天我們都會出去吃好料慶祝生日。那年平安夜是個又冷又潮濕的日子，我們三個人正準備外出。天空很陰暗，充滿濕氣的空氣滲入皮膚裡。雖然邊穿上外套，但我不認為有必要特別出去過生日。真的啊，早知道就應該選擇不要出去的。

17

市區人聲鼎沸。如果說跟過去的平安夜有什麼不同，那就是剛搭上公車沒多久就開始下起雪了。大雪擋住了去路，廣播中也傳來到明天聖誕節都會持續降下暴雪、這將會是暌違十年的白色聖誕節的播報。在我的記憶中，那也是第一次在我生日的時候下雪。

紛飛的雪花瞬間積滿了大地，就像要吞噬掉整座城市一樣不停傾瀉而下，原本灰濛濛的城市一下子變得柔和起來。也許是因為這樣，公車上的乘客都沒有對完全被封住的道路有太大的不滿。大家都好像被迷住一樣，不是望著窗外，就是拿出智慧型手機拍照。

——看來要吃冷麵了。

外婆突然說了這麼一句。

——還要加個熱呼呼的水餃。

母親發出嘖嘖聲。

——再來碗熱騰騰的湯。

我一說完，母女便互相對視嘿嘿笑了起來。好像是想起來不久前我曾問過，為什麼大家冬天的時候都不太吃冷麵的事。也許外婆跟母親以為我那樣問，是因為覺得我「想吃」也說不定。

睡睡醒醒幾次後終於下車的我們，沿著清溪川漫無目的地走著。這時整個世界都變得一片雪白，一抬頭就看到白淨的雪花以極快的速度飄落下來。母親邊大叫邊像個小孩般對著天空伸出舌頭接雪花，外婆則說以前去過的一間小巷裡的傳統老冷麵店，現在也消失了。直到被水氣弄濕的褲腳漸漸向上滲透，小腿也開始感到冰冷時，我們終於進到了母親好不容易用智慧型手機找到的一家冷麵店，是間位於櫛比鱗次咖啡店中間的一家連鎖冷麵店。

上面大大地寫著平壤式，但除了麵可用牙齒輕易咬斷外，就沒有其他特色了。肉湯裡有腥羶味，餃子有焦味，冷麵裡還有汽水味。就連第一次吃冷麵的人都能感覺出來的、沒下工夫的清淡味道。儘管如此外婆跟母親還是吃光了。也許有時比起味道，氣氛更有助於食慾吧，那天當然就是因為下雪的關係。外婆與母親的臉上始終掛著微笑，我則把一個大冰塊含在嘴裡。

——生日快樂。

外婆對我說。

——謝謝你來到這世上。

母親握著我的手又加了這麼一句。「生日快樂」、「謝謝你來到這世上」，我想這是不管在哪都很常見的說法，但有些日子就得說這些話。

還沒想好等一下要去哪的我們站了起來，在外婆跟母親去結帳時，我看到了放在櫃檯前籃子裡的李子口味糖果。更準確地說，是籃子裡一個被吃掉但只剩下空包裝的李子口味糖果紙。我一摸那糖果紙，店員就笑著說要去拿糖果給我，讓我等一下。

外婆跟母親先走了出去。外面仍下著大雪，母親不知道在開心什麼，邊蹦蹦跳著邊伸出手努力抓住雪花。外婆看著那樣的母親捧腹大笑了一陣子後，透過窗戶對我送來大大的微笑。店員走過來撕開偌大的糖果袋，小小的籃子瞬間就堆滿了一顆顆像禮物般的糖果。

——沒關係吧？今天可是平安夜。

我兩手抓著滿滿的糖果這麼問，店員雖然猶豫了一下，但馬上就笑著點點頭。

窗外母親跟外婆依舊笑得很燦爛，一隊在街頭表演的多人混聲合唱團從她們面前經過，每個人都戴著紅色聖誕帽，披著紅披風，唱著聖誕歌

〈Carol〉。Noel~Noel~Noel~Noel~以色列之王是祢。我雙手插入口袋，邊感受糖果外包裝上尖尖的觸感，邊走向門口。

瞬間突然有好幾個人大叫起來，聖歌的聲音越來越弱，四處不斷響起尖叫聲，合唱團也亂成一團，大家摀著嘴急忙忙地向後跑。

從玻璃門看過去，有個男人正對著天空亂砍，是一名身穿西裝、從我們進門前就在附近亂晃的男人。與穿著迥異的是，他一手拿刀、一手拿鐵鎚。男人一副想把飄落的雪都刺穿的模樣，非常用力地揮舞著雙手。下一秒就看到那男人走向合唱團，有幾個人匆匆拿出了電話。

男人轉過頭，視線停在母親和外婆身上，他改變了方向。外婆把母親抓過來，但下一瞬間眼前發生了令人難以置信的事。男人用鐵鎚敲打母親的頭，一下、兩下、三下、四下。

母親全身是血地倒在血泊裡。雖然我想推開門到外面去，但外婆卻一直大叫又用身體擋住門。男人將鐵鎚丟到地上，握著刀的另一隻手不斷地對空氣揮舞。雖然我用力地敲打玻璃門，但外婆使盡全力擋著門並搖搖頭，哭著不斷對我大喊什麼。這時，男人走向外婆背後，轉身看見男人的外婆大吼一聲，但僅有這一聲。外婆寬闊的背遮住我的視線，玻璃上濺灑了鮮血，越來、越紅。而我所能做的只是看著那道漸漸變得鮮紅的玻璃門。事情發生時沒有任何人挺身而出，遠處看起來就像一幕凍結的景象，就好像男人與母親還有外婆正上演一齣戲劇，而大家都靜靜地看著，每個人都是觀眾，我也是其中之一。

18

受害者都跟男人沒有任何關係。根據後來了解的結果，男人只是個過著極典型、極普通生活的「平凡人」。他畢業於四年制大學，在中小企業做了十幾年的業務，卻因經濟不景氣而遭到突如其來的組織變動。後來雖然拿退休金開了家炸雞店，但不到兩年就關門了。期間還欠了債，家人也都離開他，爾後男人便足不出戶，就這樣過了三年半左右的時間。他住在半地下室，除了去附近超市買東西、偶爾去逛逛國立圖書館外，就都待在家裡。

他從圖書館借的書大部分都是武術、防身術，還有用刀的方法等相關書籍。但在他家裡發現的，卻是些寫著成功的法則、讓正面思考變成習慣的方法等自我啟發書籍。而男人空蕩蕩的桌上，就放著一張好像故意要讓人發現的、用著又大又潦草的字體寫成的遺書。

今天，不管是誰，只要是笑著的人，都將跟我一起離開。

在男人的日記裡留有他憎恨這個世界的痕跡，裡頭也多次出現，每當看到在這沒有快樂的世界上還微笑著生活的人，就讓他興起殺意的暗示。隨著男人的生活和日記漸漸浮上檯面，大眾的焦點也從事件本身，轉變到他為什麼不得不做出這種選擇的社會層面。覺得自己的人生跟男人差不多的中年男子們陷入了嘆息，對男人的同情輿論一出現後，焦點便轉移到發生這種事的韓國社會，於是誰死了這些都不怎麼重要了。

事件讓新聞有東西可播報，打上了「是誰讓這個男人變成了殺人犯？」、「笑就該死的國家，韓國」等標題。過沒多久，就像泡沫破滅一樣，人們的口中也不再談論這事了，從發生到落幕不過才十天。

唯一倖存下來的人是母親，但醫生說大腦進入了深層睡眠，醒來的可能性極低，就算醒過來，也不再是我認識的母親了。犧牲者們半推半就地合辦了葬禮。除了我之外，所有人都在哭泣，那是站在失去慘死家人的罹難者家屬面前，任誰都會有的表情和舉止。

一名前來葬禮的女警，向家屬答完禮後便哭了起來，哭得一發不可收拾。過沒多久，我看見她站在走廊深處被年紀較大的警察訓斥：「以後這種事不計其數的多，所以要學著遲鈍一點。」那瞬間我們四目相交，他打住了原本要說的話，我則若無其事地敬個禮後走往廁所。

葬禮這三天總能聽見他們在談論關於面無表情的我。那些人交頭接耳地進行各種推測，一定是打擊太大才會這樣的、還這麼小哪懂什麼啊、媽媽都跟死人沒兩樣，他現在就等同孤兒，應該是還沒意識到才會這樣吧。

也許別人期待我會感到悲傷、孤單或茫然。但對我來說，比起那些情緒，更多的其實是疑問。

到底什麼事那麼好笑讓母親和外婆笑成那樣？

如果沒發生那件事，我們從冷麵店出來後又會去哪呢？

那男人為什麼要那麼做？

為什麼不去砸電視或是摔鏡子，而要殺人？

為什麼沒人在為時已晚前出手幫助？

為什麼？

每天都問自己一個又一個的問題數萬次，最後又回到原點，從頭來過，但沒有一個答案是我知道的。我也把心裡的問題都告訴警察還有憂心忡忡的心理諮商師，希望他們能說點什麼，但是沒有人能回答我。大多數人都沉默不語，有幾個話說到一半又沉默不語，也是，既然沒人知道答案，的確有可能會這樣。外婆還有那個男人都死了，而母親也成為永遠無法說話的狀態。我那些問題的答案也永遠消失了，因此我決定不再把那些問題說出來。

能確定的是，母親跟外婆都消失了，外婆是靈魂和肉體，母親則是只剩軀殼。以後除了我，再也沒有任何人會記得她們的人生，所以，我要活下去。

葬禮結束後，確切來說，是在我生日八天後，我多了一歲，就這樣我十七歲了。這次真的只剩自己一個人，留下來的只有堆在母親舊書店裡的無數書籍，其他大部分都沒了。以後，在家裝飾花燈和閃閃發亮的燈泡、默背喜怒哀樂愛怨慾，還有為了慶祝生日而出去吃飯、穿過人潮到市區的那些理由，都消失了。

二

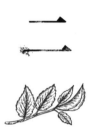

19

我每天都去醫院報到，母親靜靜地躺在那，只是呼吸著。原本待在加護病房的母親，過沒多久便轉到了六人房。我每天都坐在母親旁邊陪她曬太陽。

醫生冷漠地說母親不可能醒來，往後除了維持生命外，也沒什麼意義了。護士面無表情地幫母親替換大小便，我們兩人合力定時幫母親翻身，以避免身上出現褥瘡，就像處理偌大的行李箱般。醫生要我作好決定後告訴他，我反問他這是什麼意思？他說是在問我，要繼續支付住院費這樣活下去？還是要轉移到比較低廉的郊外療養院去？

外婆的身故保險金短時間內供我吃住不成問題。那時我才知道，母親為了以防我一個人留下，已經把這些都準備好了。

我去戶政事務所申請外婆的死亡證明，那裡的職員默默地轉過頭嘆了口氣。不久後戶政事務所派遣來的社工找上門，看了家裡的狀況後，說因為還是青少年，所以有可能被送到機構，問我覺得如何，像是少年之家或安置機構之類的地方。我請他們給我時間思考，其實要他們給我時間思考，並不是真的要在那段時間裡思考，只是想爭取些時間。

20

家裡一片寂靜，一整天都只能聽見我自己的聲音。雖然兩人留下的文字都還貼在牆上，但失去教我的人，那些東西不過就是無意義的裝飾品。我其實很清楚如果去機構的話，生活會變怎麼樣。雖然我沒差，但卻想像不出母親會變得如何。

我試著想像母親會給我什麼建議，但母親無法回答。我反覆回想母親說過的話，試著從中找到提示。突然她最常說的話浮現：要活得「正常點」。

我漫無目的地翻找手機應用程式，其中有個「與手機聊天」的應用程式吸引了我的目光。一打開就跳出一個小小的聊天視窗，並出現一個迷你表情符號。

你好。

一送出訊息馬上跳出：

你好。

的句子。

過得好嗎？

下一句接著出現。

嗯。你呢？

我也是。

GOOD。

怎樣叫正常？

跟別人一樣。

沉默一會兒後，這次我寫比較多。

跟別人一樣是指什麼？
每個人都不一樣，要以誰為基準？
如果是母親，她會對我說什麼呢？

飯煮好了，出來吃吧。

都不記得手有沒有按到傳送，答案便如插話般地跳了出來。雖然試著繼續聊下去，但都只是無意義的回覆。不該找它問提示的，我沒說再見就把程式關掉了。

離開學還有一段時間，在這之前我得習慣一個人的生活。

十五天後書店重新開張，一走近書櫃灰塵便四處飛揚。偶爾會有客人經過，也有從網上買書的客人。我用不錯的價錢買下事件發生前，母親想買的全套二手童話書，並把它們擺在最顯眼的地方。

一整天不用說幾句話反而更自在。不用思考，也不用為了應付不同情況編對話而絞盡腦汁，只要對客人說：是的、不是的、請稍等，這樣就夠了。除此之外就是刷卡、找錢，還有像機器般地說：歡迎光臨、謝謝光臨，就是這些了。

某天，一名在附近開安親班的阿姨順道經過，是以前偶爾會來找外婆聊天的阿姨。

——放寒假在打工啊。你外婆呢？

——死了。

阿姨張大嘴巴，眉頭皺成一團。

——我知道你這年紀是有可能開這種玩笑，但就算是這樣，也不該這樣說話啊！你這樣外婆會怎麼想！

——是真的。

阿姨雙手抱胸提高嗓門說：

——那你說說看，什麼時候、又是怎麼過世的？

——被刀砍死的，在平安夜。

——天啊……

她用雙手摀住嘴巴。

——原來就是電視上報的那個啊，老天爺也太無情了……

阿姨迅速地跑掉，好像怕被我傳染什麼所以要趕緊躲開似的。我叫住了她。

——請等一下，您還沒付錢呢。

阿姨臉突然脹紅。

她走了以後，我想了一下在這種情況下母親會希望我說什麼。從阿姨的反應來看，我應該是做錯了什麼，但是哪個環節出錯了，如果要挽回錯誤的話又該修正哪個部分，我完全沒有概念。早知道就說出國旅遊了，不對，如果那樣說，愛管閒事的阿姨一定會繼續追問。還是不應該收她錢？可是這樣也不合理。沉默是金，這句俗諺還是參考就好。普通的問題都不該回答，但「普通」的定義是什麼我也搞不清楚。

突然想起一本書。所謂文字，對於外婆而言就像是路過的建築物招牌，但竟有一本她在無意間看到且覺得有趣的書。我好不容易將在一九八六年以兩千五百韓元價格販售、手掌般大小的袖珍書找了出來。《玄鎮健短篇選》[6]裡的〈B舍監和情書〉。

B舍監會在半夜偷看學生的情書並輪流用男女聲唱獨角戲，而偷偷看

6. 譯註：玄鎮健為韓國近代短篇小說的先驅者。

著這場景的三名女學生反應則各有所異。一個是覺得B舍監很可笑，在背後嘲笑他；一個則是覺得B舍監很可怕，整個人瑟瑟發抖；最後一個則覺得B舍監很可憐，流下了眼淚。

雖然與母親總是只給我一個答案的教育有些違背，但我並不覺得這樣的結局有什麼不好。這就好像在告訴我們世上沒有固定的答案，所以說當別人做出什麼行為或說出什麼話時，沒有必要做出固定的回應。因為每個人都是不一樣的，像我這樣「脫離正常的反應」，說不定對某些人來說也算是正確答案。

我這麼跟母親說時，她愣住了。苦思許久後，母親想出了答案。因為故事是以哭泣的女學生作結尾，所以對於B舍監的適當反應，應該是第三名學生的「哭泣」才對。

——但不是有個叫破題式的東西嗎？所以第一個學生表現出來的反應也有可能是對的吧？

母親抓抓頭。我不服輸地繼續問：

——那媽媽妳，如果看到B舍監的獨角戲也會哭嗎？

一旁的外婆加入對話：

——你媽只要睡著，就算被人背走也沒感覺，三更半夜也不會醒過來的，一定是在房間睡覺的其他女學生之一啊。

外婆哈哈大笑的聲音就像在耳邊迴盪著。

突然書被一層陰影覆蓋，一名中年男子站在我面前，但下一瞬間就又消失了。櫃檯上留下一張紙條，上面寫著要我去二樓。

21

書店位於低矮兩層樓高建築物的一樓，二樓則是麵包店。麵包店坐落在二樓並不是常見的事，而且老舊的招牌上也沒有一個好名字，就只寫著「麵包」。外婆第一次看到招牌時也說這一看就不好吃，雖然我無法想像如何光看招牌就能猜測好不好吃。

總之在那裡能買到的麵包就是菠蘿麵包、牛奶麵包、奶油麵包這些，也不知道哪來的自信，一到下午四點就立刻關店。儘管如此，店裡生意非常好，也曾看過好幾次人潮排到一樓的光景。也因為這樣，有時排在最後面的客人還會順便來逛一下我們書店。

母親偶爾也會買麵包回來。麵包外包裝上印著「沈才英」，沈才英是麵包店老闆的名字，母親都叫他沈博士。嚐過味道的外婆再也沒說過麵包很難吃。對我來說，嗯，就是那樣，跟其他食物差不多。但這還是我第一次進到店裡。

沈博士給了我一個奶油麵包，一咬下去，就有小雞顏色般的綿密奶油溢出來。沈博士雖然五十幾歲出頭，但因為髮色像眼睛一般斑白，所以看起來可能有六十幾歲。

——好吃嗎？

——吃起來是有點味道。

——太好了，至少不是沒味道。

沈博士輕輕地笑了。

——您自己一個人顧店嗎？

我環顧周遭後這麼問。店裡沒什麼有設計感的地方，空蕩蕩的店裡只有陳列區、結帳區和一個餐桌。放在中間的烤盤架，好像是在後面揉好麵糰後拿來烘烤的地方。

——嗯，我是這裡的老闆也是唯一的員工。這樣比較自在，也有這麼做的價值。

不必要的冗長回答。

——但您為什麼要找我？

博士倒了牛奶給我。

——對於發生在你身上的事，我感到很遺憾。我煩惱了很久，想說看能不能幫上點忙，所以找你來這。

——怎麼幫？

——怎麼說呢……雖然初次見面可能不太好開口，但你有沒有什麼需要的或是要拜託的？

從剛剛開始沈博士便一直用手指嗒嗒敲著桌子，好像是習慣動作，但一直聽著讓人覺得很不舒服。

——希望您不要再發出那個聲音了。

博士透過眼鏡看著我笑了笑。

——你聽過第歐根尼嗎？你讓我想起了那故事。亞歷山大三世說不管什麼請求都能答應時，他居然回說，大王的影子擋住了太陽要他靠邊站。

——但我看著您卻沒有想起亞歷山大三世耶。

這次博士放聲大笑。

——你母親常說你的事，說你是個特別的孩子。

特別。我大概能猜到母親是怎麼解釋那單字的意思。博士雙手交握。

——用手敲桌子的動作雖然現在能暫停，但這是習慣所以不好改，而且我所期待的是更持續性的幫忙。

——更持續性的？

——一個人生活有困難的話，經濟上的幫助也可以。

——我還有保險，暫時沒問題。

——你母親常跟我說萬一你遇到什麼事，要我好好照顧你。我們其實感情很好的，你母親曾是個會讓人心情變好的人。

我注意到他用了過去式。

——您去見過她了嗎？去醫院。

沈博士點點頭，嘴角微微下垂。如果對母親的事感到傷心，說不定母親會有點開心，因為那是母親教我的秘訣。別人跟我一起感到難過的話，就是值得開心的事。她說那是負負得正的原理。

——但為什麼要叫您博士呢？

——因為我以前是醫生，雖然現在不是了。

——真是有趣的轉職啊。

博士又哈哈大笑。後來我才知道，就算不是我故意想要幽默說出的話，博士還是很容易被逗笑。

——你喜歡書嗎？

——嗯，之前也在店裡幫媽媽。

——那這樣吧，你繼續開店。這棟建築物是我的，你就繼續打工，我會給你薪水。身故保險金就留到你上大學或有其他重要大事時再用，生活費先用打工的錢充數吧。只要你同意，其他複雜的事情就都交給我來處理。

我說要想一下，就像我對找來家裡的社工說的話一樣。只要有人提出不常見的建議就要先拖時間，我是這麼學的。

——只要有困難隨時都能跟我說。跟你聊天比想像中有趣，讓我有點訝異。既然事已至此，書就盡量多賣點吧。

離開前我問他：

——您跟我母親交往過嗎？

博士眼睛一下子瞪大又瞇起。

——你是這樣想的嗎？我們是朋友，很要好的朋友。

圍繞在他臉上的笑意慢慢地消失。

22

我同意了沈博士的建議，從各方面來看對我好像都沒什麼壞處，之後也沒再發生什麼窘迫的狀況，日子順利地過著。我為了遵守試著提高營收的承諾，每天都在搜尋書況較佳的人氣書籍或公務員考試用書並確保庫存，就這樣度過時間。天氣很冷時，有時也會遇到完全沒客人、連一句話都說不上的情況。偶爾覺得口渴而開口喝水時，會有股甜味衝上鼻子。

桌邊小相框裡的我們，一點也沒變，開心笑著的母女倆還有面無表情的我。有時我常會幻想外婆跟母親也許只是去旅行，當然我也清楚那是一場永無盡頭的旅行。她們是我世界的全部，但在她們離開後我才知道，原來還有其他人，一個接一個，慢慢地出現在我生命裡。第一個人就是沈博士。博士偶爾路過書店會給我麵包，或是握住我的肩膀叫我加油，明明我也沒怎麼漏油。

太陽下山後就去找母親。母親就像森林裡沉睡的公主，只是躺在那裡。如果母親知道現在這情況的話，會希望我做什麼呢？希望我整天都守在病床邊，每隔幾小時就幫她翻身？應該不是。母親會希望我去上學，因為那是符合我年紀的「正常」生活。所以我決定要繼續上課。

凜冽的寒風漸漸失去元氣，雪融了，接著情人節也過了，大家的外套漸漸變薄，國中生也都畢業了。電視和電台連續數日都在聊著不知道這

一、二月是怎麼過的。

就這樣時序進入三月。幼稚園小朋友變成了小學生，小學生升上國中。我也前往新的學校準備當個高中生，又要每天見到老師跟同學了。

於是，事情慢慢地出現了變化。

23

新轉入的高中是創立二十年左右的男女合校，雖然考上明星大學的錄取率不高，但也不是有很強勢的小孩或不好傳聞的地方。

雖然沈博士說要陪我一起參加開學典禮，但被我拒絕了。我獨自站在遠處看著再常見不過的開學典禮。大樓是紅色的，因為裡面最近重新裝潢，所以整棟建築物都充斥著油漆味和建材味。制服穿起來還很硬挺不太合身。

學期正式開始的隔天，我被班導叫去。是個剛上任兩年左右的女老師，看起來約大我十歲，負責教化學。班導像丟東西似地，讓自己陷入諂詢室裡一張老舊的紫沙發上，因而揚起很多灰塵。老師掰著手指發出喀喀聲，接著「咳」地乾咳一聲。雖然在這是名老師，但說不定在家是個受到疼愛的老么。在不斷持續的乾咳聲漸漸令人感到不悅時，老師開口了。

——很累吧？我能幫你什麼？

班導大略知道發生在我身上的事，好像是家屬的心理諮商師以及看護聯絡學校的關係。班導一說完我便接著說：

——沒關係的。

不知道是不是因為這意料之外的回答，班導撇了撇嘴，眉毛也微微皺起。

隔天班會時間便出了事。班導這段時間好像為了背大家的名字很痛苦，但也沒人為此感動，因為她辛苦記下的名字只會用在，那個誰誰誰安靜點、那個誰誰你可以坐下嗎，這類事情上而已。可以確定的是，她是個天生無法吸引學生注意的人。不知道每三秒乾咳一次是不是她的習慣動作，說話時不斷聽到咳嗽聲。

——對了，還有，

班導突然提高聲調。

——我們班有同學經歷了非常令人痛心的事，是在聖誕節失去家人的孩子。大家給他一些鼓勵的掌聲，鮮允載，站起來。

我照著班導的要求站了起來。

——允載啊，加油。

班導先帶頭高舉雙手拍了拍，就像綜藝節目裡看到的，在錄影現場指揮觀眾拍手的現場導演。

孩子們的反應很冷清，可以看到他們要拍不拍地只是做做樣子，其中因為幾個比較用心拍手的孩子，所以還能聽見些許掌聲。掌聲很快就結束了，接踵而至的，只有在逼近高峰的寂靜中盯著我看的數十雙瞳孔。

昨天班導問我需要什麼幫忙時，我回說沒關係，看來是說錯了。

——不要多管閒事就是幫我了。

應該這樣回答的。

24

關於我的謠言很快就傳開了。在搜尋欄打上「平安夜」，就會跳出平安夜殺人、平安夜事件等關鍵字，也能發現許多有關失去母親與外婆的十六歲鮮姓少年的新聞。在葬禮被拍下的照片雖然經過馬賽克處理，但技術粗劣，所以只要是認識我的人就能一眼看出。

孩子們的反應很多樣，有的遠遠在走廊那端就對我指指點點，等到我經過時更在旁邊公然竊竊私語；也有人在午餐時間故意坐到我旁邊或跟我搭話。上課時只要轉頭一定會跟什麼人對上眼。

有天一個孩子說出了大家都想知道的事。那是在吃完午飯準備回教室的路上，走廊窗外搖曳著小小影子，樹枝似碰非碰地在窗外來回擺動著，樹枝尾端長出小小的牡丹花，我打開門讓樹枝轉向另一邊，想說讓花接觸到陽光比較好。就在那時突然有個洪亮的聲音充斥在走廊上：

——喂，你媽死在你面前時，你什麼感覺啊？

我朝著聲音來源轉過身去，是個瘦小的孩子。上課時愛頂老師嘴，期望自己的行為會給大家帶來什麼影響的那種人，處處可見的那種類型。

——我媽沒死，死的是我外婆。

我一回答，那孩子便從嘴裡哦的一聲發出感嘆，掃了一下周圍，跟幾個視線交錯的人一起咯咯地笑著。

——是這樣啊，抱歉，那我重問。你外婆死在你面前時，你的感覺是？

那孩子又重問了一遍。旁邊幾個女孩子揶揄地發出「哎唷」、「幹嘛這樣」的聲音。

——幹嘛，妳們不是也想知道嗎？

那孩子雙手一攤，聳聳肩說。

——想知道？

沒人回答，大家只是靜靜地站著。

——沒什麼感覺。

我把窗戶關上回到教室。雖然周遭很快又吵嚷起來，但已回不去一分鐘之前了。

25

那天後，我變得稍有名氣，當然以一般標準來看的話，並不是什麼好的名氣。經過走廊時，孩子們就像海被切開一樣往兩旁迴避，到處都能聽見竊竊私語的聲音。就是他，那個人啊，長得還滿普通的嘛之類的話。為了看我而跑到高一走廊的不只高二，還有高三。說我就是親眼目睹殺人現場的小孩，而且還是親眼看著家人血流不止的孩子，就算這樣眼裡也沒有一絲動搖。

很快謠言越滾越大，也出現說國小國中跟我同班，目睹過我行為的人。所有的謠言都被極度誇大，像是ＩＱ２００、靠近他的話說不定會被砍，甚至還有說外婆跟母親是我殺的謠言。

母親常說團體生活總要有代罪羔羊，以前對我的那些教育，也是因為我當代罪羔羊的機率很高。在母親與外婆消失後的今日，她的預言成真了。孩子們很快就發現不管說什麼，我都不會有反應，於是毫不遲疑地開始對我丟出各種問題或開各種煩人的玩笑。隨著手段的增加，因為已經沒有幫我編對話的母親，所以我也束手無策。

教師會議中也談到我，不是因為我做了什麼高調的事，好像是因為我的存在本身讓教室氣氛變得亂糟糟，所以家長打電話來抗議。老師們不太能理解我的狀態，不久後前來學校的沈博士跟班導聊了很長一段時間，那天晚上我們在中國料理店面對面坐著，中間放著一碗炸醬麵。等到炸醬麵快吃完時，沈博士開始進入正題。雖然拐彎抹角地繞了一大圈，但簡單來講，就是說學校這個地方不太適合我。

——是叫我不要再去上學的意思嗎？

沈博士搖搖頭。

——沒有任何人能叫你這麼做。我的意思是，在你成為大人前還能不能繼續承受現在這種對待？

——我沒差。您也知道我是什麼情況不是嗎？既然我媽媽跟您說過。

——你母親一定也不希望你這樣過日子。

——我媽媽希望我過得正常點，雖然有時我不太懂那是什麼意思。

——換句話說，不就是希望你過得平凡點嗎？

——平凡……

我喃喃自語著，說不定就是這樣的。跟別人一樣的、沒有曲折而常見的。平凡地上學，然後平凡地畢了業，運氣好的話還能上大學，進入一個不錯的職場，還能跟心儀的女孩子結婚組織一個家庭，再生個孩子……那樣的。這跟不要高調的意思是一脈相通的。

——父母對孩子都有很多期望，但如果達不到就會希望孩子平凡點，因為他們覺得那是最基本的。但老實說，平凡才是最難實現的價值。

仔細想想，說不定外婆對母親的期許也是平凡，因為母親也沒做到。照博士的話，「平凡」是個很刁鑽的詞。大家都以為「平凡」沒什麼，總是輕易掛在嘴邊，但又有幾個人能符合其中蘊含的平順呢？對我而言更是困難，因為我的出生就不平凡，但也能說不是不平凡，只是個在灰色地帶遊走的奇怪小孩而已。所以我決定挑戰看看，挑戰變得平凡。

——我要繼續上學。

這是那天的結論。沈博士點點頭。

——問題是「該怎麼做」。我能給你的建議就是這個，頭腦這種東西是越用越靈活的，往壞處發展，邪惡的頭腦就會更發達；往好處發展，善良的頭腦就會更健全。我聽說你大腦的某部分比別人脆弱，但只要練習就一定會有所變化。

——我已經充分地在練習了，比如說像這樣。

嘴角咻一下地往兩側上揚。雖然我也知道我的微笑跟別人不太一樣。

——跟你媽說說話吧。

——說什麼？

——說你已經上高中，有好好上學。你媽一定會很開心的。

——沒有必要，因為她什麼都聽不到。

沈博士不再說話，因為他也無法反駁我所說的。

26

窗外雨不停落下，是春雨。母親喜歡雨，她說雨的味道很香，但現在既聽不到雨的聲音、也聞不到雨的味道了。所謂雨的味道，其實就是乾燥的柏油路上散發出來的泥土味。靜靜地坐在母親身旁握著她的手，母親的皮膚逐漸變得粗糙，我幫她在臉頰和手背上塗抹玫瑰香味的乳液。離開病房搭上電梯前往餐廳，電梯門打開那瞬間，視線與一名男子交錯，是帶我認識怪物的人，也是把那孩子拉到我生命裡的男人。

是有著一頭銀髮的中年男子。雖然穿著乾淨俐落，但肩膀下垂，雙眼混濁充滿著水氣。表情開朗一點的話，算得上是很帥的臉蛋，但他卻是雙頰凹瘦又陰暗。

一看到我，男人的眼睛便劇烈地左右晃動。有一種早晚會再相遇的預感。我也知道預感這個詞不適合我，確切來說，我是「感受」不到預感的。

但嚴格說起來，所謂預感也不是「突然感受到」的事情。生活中體驗到的事會在不知不覺間慢慢區分成條件和結果，這樣一累積起來，遇到類似情況時，就會下意識地預測結果。所以說所謂預感，其實是非常因果論的。就像知道把水果放到果汁機裡攪拌會變成果汁一樣，男人看我的眼神也給了我那種「預感」。

之後每次去醫院都會遇到那人，不管是在餐廳還是走廊，只要意識到背後有視線盯著而轉過頭時，總會看到他一直望著我。好像有話要說，又像是在觀察我。所以當他直接到書店找我時，我也若無其事地打了招呼：

——歡迎光臨。

男人微微點頭後便開始悠哉地在書架間逛起來。一步一步都帶有重量，他經過哲學類，在文化類停留一陣子後，抽了本書拿到櫃檯。

雖然臉上充滿著笑容，但不知為何男人好像沒辦法正視我的雙眼。母親說過，那是代表有什麼地方「覺得不安」。他拿出書問了問價錢。

——一百萬[7]。

——比想像中還要貴呢。

男人把書前後翻了翻。

——這本書有那樣的價值嗎？又不是初版，不過反正都是翻譯書，就算說是初版看來也沒什麼意義。

書名是《德米安》[8]。

——總之價格就是一百萬。

那是母親的書，國中時就擺在母親書櫃裡的書，讓母親懷抱寫作渴望的書，是非賣品。居然挑中這本，只能說實在很了不起。男人倒抽一口氣，鬍子好像剛刮沒幾天，還有些許鬍碴。

——看來我得先自我介紹一下。我叫允權浩，在大學教管理學。上網查也能查到，我不是在炫耀，只是想說我的身分是可信的。

——我知道你，在醫院不是見過幾次面嗎？

男人的表情變得柔和。

——謝謝你記得我。我見過你的監護人沈博士了，也聽說了發生在你身上的憾事，還有你是個特別的孩子的事。沈博士讓我直接來找你談談，所以我就來了，我其實有事想拜託你。

——什麼事？

7. 編註：約等於台幣兩萬七千元。
8. 譯註：Demian，赫爾曼・黑塞創作的書籍。

他沉默了好一陣子。

——該從哪裡開始說起呢……

——不是說有事要拜託我嗎？那就說要拜託我什麼就可以了。

——你還真像沈博士說的頭腦清晰啊。

男人笑了下。

——你母親身體不好吧？我妻子現在也躺在病床上。我妻子就要走了，也許這幾天就……

男人的背如蝦子般慢慢蜷曲起來，調整下呼吸後又重新開口說道：

——我有兩件事想拜託你。一是希望你能跟我一起去見我妻子；二是……

男人再度深吸一口氣。

——你可以在我妻子面前假扮我兒子嗎？不會太困難的，只要說幾句我要你說的話就行。

不是很常見的請求，不常聽到也很奇怪的請求，於是我問了原因。

男人站起來繞了書店一圈，好像是個說什麼話之前都需要時間思考的人。

——我們在十三年前失去了兒子。

男人開了口。

——為了找到孩子，我們用盡了一切努力，但都沒有用。我們家境不錯，我留學回來後很早就當上了教授，妻子在職場上也很傑出。我們都認為這就是成功的人生，但失去孩子後一切都變了。我們的關係日漸疏遠，妻子也生了病，對我來說真的是很難熬的一段時間。我也不知道我為什麼現在要跟你說這些……

——所以呢？

我回問並希望男人的話不要拖太長。

——但不久前我接到一通電話，說有可能是我兒子。所以我就去見他……

男人打住了話，好長一段時間緊閉雙唇不語。

——我希望我妻子離世前可以再見到兒子，見到她想像中的兒子。

男人在「想像中」上加重了語氣。

——難道找到的兒子不是想像中的樣子嗎？

——不好說，不，是很難說明。

他低下了頭。

——那為什麼是我？

——你看這照片。

他拿出一張紙，是協尋失蹤兒童的傳單。在一張看起來大約三、四歲小孩的照片旁，有張推測是近照的相片。嗯，要說跟我像的話，好像真的有點像，但不是五官，而是整體氛圍。

——找到的兒子不長這樣嗎？

因為無法理解所以又問了一次。

——不是，長得跟這張照片差不多。所以說，可以說跟你長得有點像，但那孩子現在不是能見自己母親的狀態。真的拜託了，只要幫我這次……我會幫你媽轉到更好的病房，也會幫你們請看護。除此之外，如果你還想要什麼，只要我能做到，我都可以答應你。

男人的雙眼噙著淚水。我則一如往常地回說，我會考慮看看。

他並沒有說謊，在網路上很輕易就能找到他的職業、家庭關係，以及失蹤兒童的事。「如果沒什麼危害就幫個忙．」我突然想起外婆的建議，於是隔天，他再次前來時，我點了點頭。

但如果我先認識坤的話，就不會作出那選擇了。因為選擇了那麼做，我好像把什麼東西永遠地從坤身邊搶走了，雖然我並不是故意的。

27

各式各樣的花裝飾著病房，四處點亮的燈泡溫暖地發著光。跟母親住的六人房完全不同等級，不像是病房，倒像是在電影裡看到的飯店房間。阿姨好像是愛花之人，但我卻因為花香感到頭痛，就連壁紙都是花紋，看得眼花撩亂的。我聽說醫院是禁止插花的，但看來也有通融的情況。

叔叔牽著我的手緩緩走向病床。被花包圍的阿姨就像躺在棺材裡的人，仔細看阿姨的臉，就跟電影裡病危患者的臉差不多。從窗外透進來的陽光也無法將印在臉上的灰影擦去。她朝我伸出樹枝般乾瘦的手，手碰到我的臉頰，是隻感覺不到生命氣息的手。

——原來是你，是你啊，以修。我的兒子，我可愛的兒子。怎麼現在才來……

阿姨哭個不停。我有點驚訝那樣的身體居然還有哭的力氣。她每次顫抖著肩膀時，我都有種她是不是會化作塵埃消失的想法。

——對不起。我，媽媽我啊，真的還有很多事想跟你一起做，真的。想跟你一起吃飯、一起旅行，還想跟你一起度過你成長的每一刻……但生活總不如我們想像的順遂，但還好你健康地長大了，謝謝你。

阿姨不斷重複說著「謝謝」和「對不起」十幾次後又哭了起來，接著努力地擠出笑容。在那裡的半小時，阿姨一直握著我的手，摸著我的臉，好像想把所剩不多的生命氣息都傾注到我身上。

我沒有說太多話。在阿姨說話的空檔，叔叔使了個眼色，那時我就將事前準備好的台詞說出來。我在不錯的家庭沒什麼煩惱地長大，以後會跟著爸爸用功讀書，所以不用擔心我，接著再裝出淡淡的微笑。不知道是不是力氣用盡，阿姨的眼睛漸漸閉上。

——我可以抱抱你嗎？

那是阿姨對我說的最後一句話。用那枯枝般瘦骨嶙峋的雙手緊緊抱住我的背，就像掉入堅固的陷阱裡脫不了身。她的心跳聲傳達到我身上，非常地熾熱。很快阿姨的手便無力地鬆開了。她睡著了，旁邊的護士這麼說。

28

據說阿姨曾是很有名的記者，是個才華洋溢，而且勇於丟出別人不敢提出的問題，讓對方慌張的既精明又充滿活力的記者。但因為工作繁重不得不請別人幫忙照顧孩子，這件事讓她一直很放不下心。

那天，阿姨好不容易休假，跟小孩兩人一起去了遊樂園。抱著孩子坐上一直轉圈圈的旋轉木馬，那是個陽光明媚、令人愉快的出遊。這時阿姨的電話響起，她一手牽著說要再坐一次的小孩下了馬，一手接起電話。通話時間很短，但一掛斷電話後就沒看見孩子，就連放手的記憶都沒有。

那是個監視錄影器還不像現在這樣到處都有安裝的年代，再加上有不少死角地帶，即使找了很久仍沒有孩子的行蹤。雖然夫妻倆為了找到孩子付出了一切努力，但希望卻越來越渺茫，只能祈禱他還活著。既然事已至此，只希望他是到了一個好家庭，但他們日日夜夜都被可怕的想像糾纏著。阿姨不斷地責怪自己，終於領悟到自己所追求的成功，只不過是外表華麗的海市蜃樓罷了。

不斷自責的想法讓她病倒了。叔叔雖然認為孩子之所以走丟，妻子要負很大的責任，但因為他也是個寂寞的人，並不想連妻子也失去，只是也已經很久不曾對生病的妻子說「總有一天兒子會回來的」這樣的話。

在見到我以前，叔叔，也就是允教授，接到某個安置機構的電話。在知道說不定是自己兒子的消息後前去機構的他，重新見到了整整十三年沒見面的親生兒子。但兒子當下的情況並不適合與母親相認，因為那孩子，正是坤。

29

是把僅存的力氣全都用在我身上了嗎？那天在我看完阿姨之後，她便陷入昏迷狀態，沒過幾天就過世了。告知我阿姨死訊的允教授，他的聲音既低沉又寂靜。能夠如此轉達親近家人死亡消息的人並不多，只有像我這種哪裡壞掉的人，或是在那人死之前就已經把她從心裡送走的人，才可能做得到。而叔叔正屬於後者。

我不知道我為什麼去了葬禮，其實並不需要這麼做，但還是去了，說不定是因為阿姨把我抱得太緊。

阿姨的葬禮跟我所見過外婆的葬禮景象非常不同，外婆的葬禮因為是合辦的，所以很混亂，加上當時站在外婆遺照前的只有我一人。但阿姨的葬禮讓我聯想到很久不見的朋友聚在一起的同學會，每個人都打扮得很乾淨且穿著正裝，好像都擁有與「教養」一詞相符的職業和口吻。從他們叫彼此的稱呼中，時常能聽到教授、醫生、理事、代表這類職稱。

遺照裡的阿姨完全判若兩人。嘴唇紅潤、髮量茂盛、兩頰圓滾滾的，眼神就像點了蠟燭一樣明亮，但阿姨的臉太年輕了。拿不過三十歲出頭的照片當作遺照的理由是什麼？叔叔好像察覺到我的疑問，回答說：

——那是小孩走丟前的照片。在那之後，找不到任何一張有那樣表情的照片啊。我的妻子也希望放那張照片。

上完香敬了禮，完成了阿姨死前一直盼望著的、再見到自己的兒子的心願。至少她是那樣以為著才離開的，如果知道事實的話，她會變得更不幸嗎？

就這樣，我認為自己完成了所有該做的事。正要轉身時，空氣突然變得清冷，那樣的氛圍以迅雷不及掩耳的速度擴散開來，好像被帶有強大力量的沉默襲擊般，人們一致地閉上嘴，或者在張開嘴的情況下停住了。他們的視線就像約好了一樣，朝那方向看去。那裡站著一個孩子。

30

有個個子小又精瘦的孩子雙手握拳站在那，相較其矮小的體型，他的手腳看起來特別長。體格很結實，酷似漫畫《小拳王》中的矢吹久，但不是那種勤奮運動練出來的身材，而是像紀錄片裡第三世界的孩子，每天翻找著垃圾堆或跟著觀光客乞討美金的孩子一樣，為了生存而四處奔跑的體格。黑不拉嘰的皮膚上沒有一點光澤，影子般濃厚的眉毛，再往下則是如圍棋棋子般黑得透亮的瞳孔，正怒視著世界，那是會讓人開不了口的眼神，就像在沒有敵意的人面前，先露出利牙，要把獵物殺掉的猛獸一樣。

那孩子對著地上「呸」一聲吐了口水，吐口水好像是他的打招呼方式。前不久第一次見到他的那天，他也是做了一樣的動作。確切來說，在葬禮上的見面是第二次見面。

前幾天班上來了個轉學生。教室門打開後，在班導後跟著一名體格瘦小的孩子，那人就是坤。雙手抱胸、腳站三七步，代表在不認識的人面前也毫不畏懼的姿態。班導結結巴巴地說他是轉學過來的，說到一半要坤自我介紹，結果坤默默把重心移到另一隻腳上說：

——老師介紹就好了吧。

一說完全班便哄堂大笑，在歡呼聲中還夾雜著掌聲。

班導臉紅地揮了揮手說：

——他叫允以修。跟大家打個招呼吧。

聽到那句話後，坤回說「嗯，好吧……」接著扭動脖子，用舌頭在臉頰兩側繞一圈，跟著嗤笑一聲，撇過頭去「呸」地吐了口水。

——這樣可以了吧？

到處傳來不滿的抱怨聲，其中還夾雜一些髒話，這跟剛剛有點不同。在這種情況下，一般來說班導應該要給點警告或是叫他跟著去教務處，但不知道怎麼回事，班導默默地把頭轉開，硬吞下去的話就像滿到了臉上，讓臉看起來更紅了。坤自我介紹完一小時後就早退了。

很快大家展開人肉搜索，不到半小時，坤之前在哪做過什麼，幾乎大致上都了解了。有個人把從親戚那得來的幾個情報洩漏出去。

那親戚現在念的學校，就是坤從少年感化院出來後、到這裡來之前上的那所學校。孩子給親戚打了電話，在其他人的要求下，電話以擴音的方式直播。大家久違地團結起來圍坐成一圈，還有人為了聽得更清楚坐到了桌子上。雖然我離得很遠，但這句話我聽得很清楚：

——那傢伙完全是個流氓啊，我看除了殺人外，什麼都做過吧。

有人開玩笑地對我說：

——喂，神經病，這下怎麼辦？你的時代要結束了啊。

隔天坤推開教室門進來時，大家一致地安靜下來。坤一句話也不說就走向自己的位子，每個人不是迴避視線，就是假裝把頭埋到書裡。本來以為會就這樣坐下的坤，突然把書包一丟後說：

——是誰？

好像是察覺到昨天的騷動了。

——把我身家都抖出來的是哪個臭小子？最好自己站出來。

空氣瞬間凝結。這時最一開始的情報提供人邊發抖邊站了起來。

——不、不是啦……是我親戚說知道你……

那人的聲音越來越小。坤又用舌頭繞了臉頰兩側幾圈後說：

——謝啦，託你的福我也不用再介紹自己了，我就是那種人。

坤噗地坐了下來。

阿姨宣告不治的那天，坤並沒有來學校，說是家人死了。我完全沒想到坤就是那個孩子，那個已經離世但以為我是她兒子的阿姨，她的親生兒子。

31

坤穿過人潮，在自己母親遺照前鞠了躬。沒發生什麼事。在允教授的引導下，從上香、敬酒到鞠躬，一下子就完成了。所有的動作都太快，禮也只敬一次就馬上站起來敷衍地點了個頭。允教授推了推坤的背要他再敬一次禮，但他用身體撥開那隻手走向某處。

允教授勸我吃完再走，於是我坐到了桌前。跟過節時母親做的料理種類差不多，有熱湯、煎餅、包有蜂蜜的年糕和水果。我也不知道是不是餓了，狼吞虎嚥地吃了起來。

人總是忘記自己說別人閒話時聲音有多大，就算說話的人說要小聲點，那些話大部分還是都會一字不漏地進到別人的耳朵裡。吃飯時，關於坤的話題不斷地散落在空氣裡，像是喪禮第二天才出現是因為那孩子不想來、一出感化院就闖了禍、為了幫他轉學不知道花了多少錢、扮演兒子角色的其實另有其人等話語鬧烘烘地在空氣中來來回回。我背對他們坐在角落，默默地堅守自己的位置。雖然不知道為什麼，但總覺得該這麼做。

到了晚上，等到來弔喪的賓客漸漸離去後，坤又出現了。眼睛好像認定誰似地緊盯著我，坐到了我面前。一句話也不說呼嚕嚕地吃光兩碗辣牛肉湯的坤，最後擦了擦臉上的汗說：

——是你嗎？幫我扮演兒子角色的傢伙。

不需要回答，因為下一句也被坤搶走了。

——以後的日子有你受的，嗯，也說不定會很有趣。

坤冷笑一聲站了起來。隔天，真正的以後，就這樣開始了。

32

坤身邊跟著兩個人。瘦巴巴的負責把坤的話傳達給其他人；另一個體格比較好的，一看就知道是負責炫耀力氣的。三人看起來不是很要好，與其說是朋友，感覺更像是因為某種契約或目的才走在一起。

總之，坤好像是把折磨我當成新的樂趣了。就像打開箱子會突然跳出來的玩偶一樣，時不時出現在我面前。偶爾會埋伏在福利社揍我一拳；有時又站在走廊盡頭用腳絆倒我。每當這些芝麻綠豆般的計畫成功時，坤就像收到大禮物一樣笑得很燦爛，而站在一旁的兩人，也邊看坤的臉色邊迎合地跟著大笑。

我則一如既往地不回應。漸漸地，害怕坤並覺得我可憐的人越來越多，但沒有人向老師報告。雖說評估後發現後果難以承擔的想法起到了一定作用，但從我的反應看來，也不像是需要幫忙的感覺。最後輿論傾向「兩個人都很奇怪，還是看熱鬧吧！」的方向。

坤想從我這得到什麼樣的反應其實顯而易見。小學、國中時都有這種人，想看被欺負的人臉腫成一團的人、期望看到對方哭著說拜託住手的人，而那些人大部分都靠力量得到自己想要的東西。但是我知道，如果坤想要的，是在我的臉上找到一絲表情的變化，那他永遠贏不了我。我也知道，越是這樣反而越疲憊的人，會是坤自己。

沒多久，坤好像發現自己的目標是個非比尋常的對象，雖然持續對我動手動腳，但已經不再是之前那副威風凜凜的表情了。「是不是怕了啊？看起來好焦躁。」孩子們偷偷在坤背後議論紛紛。隨著我越沒反應、沒有找人幫忙的時間越長，教室裡的氣氛也跟著沸騰起來。

不久後，不知道是不是累了，坤不再絆倒我，也不再從後面偷打我，而是正式「下戰帖」。當班導交代完事情一離開後，瘦子馬上跑到黑板前開始寫東西，黑板上以歪斜的字體寫著：

明天午餐後，焚化爐前。

教室裡響起坤得意洋洋的聲音。

——我話都挑明了啊，所以你自己選吧。不想挨打的話就躲起來，如果你沒出現，我就當作你嚇跑了，以後也不會再煩你。但如果你來了，就作好覺悟吧。

我沒回話，背起書包站了起來。坤把書砸到我背上。

——聽懂沒啊？你這神經病，不想挨打就給我躲起來。

坤氣喘吁吁，憤怒到臉紅脖子粗。

我默默地回問：

——我為什麼要躲你？我會照著之前的路走，如果你不在那，那就沒事；如果在，那我們就會遇到。

不管背後那些謾罵，我走出教室，但滿腦子想的都是，坤一直在用這些煩人的手段折磨著自己。

33

全校學生都知道我與坤的決鬥。一大早整個校園裡鬧烘烘的，偶爾從他們嘴裡吐出的話都在暗示著，午休時間會有什麼事情發生。有人嚷著說：「啊，時間過得真慢！」也有人說：「鮮允載怎麼可能會去？」還有人打賭誰會贏。我毫不在乎地開始上課，在我看來，時間既沒變快、也沒變慢，就像平常一樣地流逝。接著第四堂課結束，午休時間的鐘聲響起。

在學生餐廳裡，沒有人坐我旁邊。到這裡都跟平常一樣。吃完飯一站起來，遠遠就看到幾個人跟著我站起來。我一走，後面的人潮也漸漸變多。離開餐廳要回教室的話，走焚化爐那條是捷徑，我慢慢朝那走去。坤就站在那，沒有那些小跟班，就他自己一個人。原本用腳隨意踢著樹枝的他，一看到我就停下動作。儘管距離很遠，仍可見到他雙手握拳的樣子。隨著我與坤的距離逐漸縮小，本來跟在我身後的那些人，就像無意義的灰塵般三三兩兩地散落開來。

坤的表情有點複雜，看似生氣但嘴巴閉得過緊；說是難過眼尾又太上揚，這種表情該如何解讀？

——怕了怕了，看來是嚇到了，允以修那小子。

有人大叫著。

現在坤和我之間的距離已經只差幾步了，我保持既有速度繼續前進。每次吃完飯都很想睡，所以一心只想趕快回去教室趴著午睡。在我沒察覺到的時候，坤也像那些無意義的風景一樣從我身旁飄過。「哦！」突然聽見一些孩子的叫喊聲，接著後腦勺傳來一陣聲響。好像是手不小心揮到，所以並不覺得痛，但還沒轉頭過去，我就被踹了一腳導致身體向前傾。

——我明明，叫你躲開了，不是嗎？去你的！這是，你、自、找、的。

講一句就踢一下，身體被踢得嗡嗡作響，隨著次數變多強度也漸漸變強。沒多久我便倒在地上發出呻吟聲，臉頰裡積滿了血。但我最終沒能做出那孩子想要的表情。

——你這傢伙到底是什麼東西啊？你這瘋子神經病！

坤一臉欲哭無淚的樣子大聲吼叫著，本來在一旁看熱鬧的孩子們也開始吵鬧起來。這樣下去不行啊，喂，誰去找一下班導啊！吵鬧中有幾個聲音聽得較清楚，一聽到那些聲音坤便轉向他們。

——誰？不要在背後嘰嘰喳喳地，給我站出來，你們這些狗崽仔，啊？

坤把視線所及散落一地的物品撿起來朝孩子們亂丟過去，空罐、木片還有玻璃瓶等都被丟到空中又掉到地上。孩子們嚇著大叫跑掉，這景象好眼熟，外婆、母親，還有那件事情發生時路人的反應都跟現在很像。我得阻止，嘴裡滿是鮮血，於是我集中吐了一口口水後說：

——住手。你想要的我做不到。

——你說什麼？

坤氣喘吁吁地問。

——如果要做到你想要的，我必須用演的，但那對我來說太難了，是不可能的。所以說住手吧，雖然大家表面上看起來好像在怕你，但其實心裡都在嘲笑你。

坤轉頭環顧四周，霎時時間就像靜止般一片寂靜。坤的背好像滿懷恨意的小貓一樣往上弓起。

——靠，你們都去死！

跟著坤便開始破口大罵，從他嘴裡吐出來的一如既往都是髒話。詛咒、髒話，光用這些也無法表現他的瘋狂。

34

坤的本名是以修，那是他媽媽幫他取的名字。但坤說沒有印象有人叫過自己以修，而且以修這個名字看起來很脆弱，所以他也不喜歡。他說自己的幾個綽號中，最喜歡的就是坤這個名字。

坤最早的記憶是在一個陌生的地方，有許多人用各種語言說話的地方，年幼的坤並不知道自己為什麼會出現在那，只覺得很吵鬧。他跟一對中國老夫婦一起住在大林洞的貧民窟，他們叫他哲陽。有好幾年坤都沒有離開過那個地方，這也是為什麼前幾年都找不到坤的行蹤。

老夫婦從出入境管理局結束審查後便銷聲匿跡，坤則輾轉被送到一處又一處，最後去到了兒童之家。因為大家都以為他是那老夫婦的親孫子，加上也沒有正式紀錄說他們已經回中國，所以也沒有人去調查或是找他的親生父母。

在兒童之家待了一段時間後，坤被一個沒有小孩的家庭領養，在那坤被取名為東久。家境不算好，而且在小孩出牛兩年後，他們便跟坤斷絕了關係。後來坤又再次回到兒童之家，期間闖了大大小小的禍，進出過好幾次感化院。坤這個名字是他自己在一個叫希望院的地方取的。

——有什麼涵義嗎？

——沒，我不懂那些複雜的東西，只是突然想到這名字。

說完便笑了一下，坤就是這樣的孩子。我也覺得「坤」這個名字，比起哲陽、東久還有以修這些名字，更有「坤的味道」。

因為焚化爐事件，坤受到停學一週的處分。那天如果真的沒有人去跟老師報告的話，真不知道會發生什麼事。允教授被叫來學校，也因此跟我名義上的監護人沈博士見到了面。沈博士以低沉的嗓音大發脾氣，並且說非常後悔當初建議允教授來找我。學校警告如果復學後，坤的態度還是沒有改變的話，就只能讓他轉學了，聽完後允教授低垂著頭。

幾天後，坤和我面對面坐在披薩店裡。他的眼神已經不再那麼憤怒，也許是因為允教授坐在旁邊。後來我才知道，在聽說坤惹出的是非後，允教授第一次拿鞭子打了坤。允教授是個紳士，所以再怎麼樣也不過就是把握在手裡的杯子丟向牆壁，再拿鞭子抽打幾下坤的小腿。但那已經在他平常維持的「知識人」形象上留下了汙點，也使得本來就很尷尬的父子關係更加疏遠。

被過了十幾年才見到面的親生父親拿鞭子打的心情會是如何呢？更何況是在對彼此還沒更了解和更親近之前。

照沈博士的說法，允教授是個老實人，一輩子堅守著不能給別人造成麻煩的信仰。因為這突如其來的血親徹底地違背了他的信仰，讓他完全無法接受。比起對坤的失望，如此殷切期盼的兒子居然以「這種模樣」出現，這讓他更加憤怒。因此允教授選擇了打坤，並不斷對別人道歉、道歉再道歉的方式。對老師們道歉、在孩子們面前道歉，還有對我道歉。

讓我跟坤兩個人對坐在披薩店裡還點了最貴的餐點，這都是他的道歉方式之一。允教授將雙手擺在膝蓋上，已經不知道重複多少次一樣的話，像是要講給坤聽一樣，聲音顫抖著，無法正眼瞧我。

——真的很抱歉讓你遇到這種事，全都是我的錯……

我用吸管慢慢把可樂吸上來。他的話好像沒有盡頭，越說下去坤的臉色越顯凝重。肚子咕嚕嚕地叫，眼前的披薩漸漸變硬。

——其實可以不用再說了。我不是想聽叔叔道歉才來的，要道歉的話也應該由他來道歉，如果是那樣，可能讓我們兩個人自己待一會比較好。

允教授有點吃驚，瞳孔也稍微變大，坤也跟著挑挑眉。

——沒關係嗎？

——沒關係的，如果有事我會跟您聯絡。

坤輕蔑地哼了一聲。允教授乾咳幾聲後慢慢起身道：

——允載啊，以修一定也很過意不去的。

——他有嘴巴的，叔叔。

——嗯，快吃吧，有事再打給我。

——好。

離開前他用力拍了坤的肩膀，雖然坤沒有反抗，但等到允教授一離開後，他便用手撥了撥肩膀。

35

可樂咕嚕咕嚕地起著泡泡。坤不斷用吸管對著可樂吐氣，視線則朝向窗外。窗外除了三三兩兩經過的車子外，也沒有其他可以稱為風景的景色了。窗框正前方就放著一瓶發著閃閃銀光的不鏽鋼胡椒罐，以微緩的曲線製成的胡椒罐就像廣角鏡頭一樣照亮四周。在那中間我看見了我的臉，處處結滿血痂，瘀青處就像輸掉比賽的拳擊手一樣。坤正看著從胡椒罐反射出來的我，我們的雙眼在胡椒罐上交會。

——樣子真不錯啊。

——託你的福。

——你以為我會跟你道歉嗎？

——你道不道歉對我沒差。

——那為什麼說要兩個人獨處？

——因為你爸話太多了，我想靜一靜。

聽到我這麼說，坤輕咳一聲，好像是要用咳嗽掩蓋流露出來的笑聲一樣。

——聽說你被你爸打了？

不知道要說什麼，所以想到什麼就脫口而出。不知道這是不是適當的問題，坤的瞳孔一下子放大。

——誰說的？

你爸親自跟我說的。

——閉嘴。臭小子，我沒有什麼叫爸爸的東西。

——就算那樣，爸爸也不會就不是爸爸了。

——想死嗎？我叫你閉嘴，混帳！

坤一把拿起胡椒罐，手指非常用力，整個指甲都變白了。

——怎麼？難道你也想在這大鬧一場？

——有什麼不行的嗎？

——沒，我只是好奇問問，先知道的話我也好準備一下。

坤好像要放棄的樣子，把放在我面前的可樂拿了過去，可樂又開始咕嚕嚕地起了泡泡，我也學坤對著可樂吹氣。坤每咬一塊披薩都會咀嚼四次才吞下去，所以會發出喀喀的聲音。我也學他這麼吃，咀嚼四次後吞下去，喀喀。

坤怒視我，終於發現我在學他。

——瘋子。

坤碎念道。

——瘋子。

我也跟著講。接著他往左又往右撇撇嘴，也看見我跟著他做出撇撇嘴的動作。他一下子擺出奇怪的表情，一下子碎念披薩、大便、馬桶、拜託去死吧之類的話。每當那時候，我就會像鸚鵡或小丑一樣學他說話，就連坤吸氣和吐氣的次數也都照著做。

微妙的鏡子遊戲持續一段時間後，坤好像漸漸累了。他不再笑，而是好像在思考更困難的表情或動作，所以花了點時間。管他要做什麼，我連他從嘴裡發出小小聲的噗噗聲，還有眉頭微皺的動作都一起學。我堅持不懈的動作好像妨礙了坤的「創意性」思考。

——不要學了。

但我還是繼續學。

——不要學了。

我學他說了一模一樣的話。

——我叫你不要學了，臭小子。

——我叫你不要學了，臭小子。

——很好玩嗎？神經病！

——很好玩嗎？神經病！

坤不再說話而是開始用手指敲桌子，看到我一跟著學便馬上停下來。沉默，無語地瞪著我，十秒、二十秒、一分鐘左右，接著又調整了坐姿，我也跟著做。

——我這個人啊。

——我這個人啊。

——如果在這翻桌還把盤子都打破的話，你也會照做嗎？

——如果在這翻桌還把盤子都打破的話，你也會照做嗎？

——我問你如果我用那些碎盤子把這邊的人都殺死，你還能照做嗎？混帳！

——我問你如果我用那些碎盤子把這邊的人都殺死，你還能照做嗎？混帳！

——很好。

——很好。

——你給我聽清楚了，這是你先開始的。

——你給我聽清楚了，這是你先開始的。

——停下來的話，你連小鳥都不如，聽懂沒？

——停下來的話，你連……

我話還沒說完，坤就用手臂把桌上的食物都揮到地上，接著砰一聲翻了桌子，開始對著客人大罵。

——看屁啊，神經病，好吃嗎？我問你們好不好吃啊！一群白痴，吃死你們吧！

坤開始亂丟眼前的披薩還有醬料瓶，披薩掉在坐在對面的女生腳下，隨意被灑開的醬料噴到了小孩頭上。

——你怎麼不學了，神經病，怎麼不繼續學啊？

坤邊喘著氣邊看著我。

——不是你先開始的嗎？怎麼不跟著做啊？

服務生衝過來對著坤說，客人您不能這樣啊，之類的話，但仍無法阻止坤。坤舉起手，一副下一秒就要打服務生的樣子。有幾個客人拿起手機拍照，其他幾名服務生打電話給某個地方。

——我叫你跟著做啊，臭小子！

雖然坤一直叫囂，但我已經走出店門。我按照約定打了電話給允教授，還沒聽到電話聲響允教授就出現了。看來是擔心會發生什麼事，所以一直徘徊在附近的巷子裡。他推開披薩店的門走進去，我則透過窗戶看著已經亂成一團的店裡。我看到允教授的背影在發抖，看到他那偌大的手掌在坤的臉上一遍遍地印上，接著又看到他用兩手捉住坤的頭前後晃動。看到這我就離開了，都是些沒什麼意義的場景。

因為幾乎沒吃到披薩，所以覺得還有點餓，就到捷運站附近的麵食店買了碗烏龍麵，吃完後就去探望母親。母親總是那樣安靜地沉睡著。尿管從桶裡掉出，在床底下晃來晃去，黃色的尿滴滴答答落下。我找了護士來幫忙處理。母親的臉上有皺紋，如果她照鏡子一定會嚇到。我把化妝水倒在化妝棉上，用化妝棉擦擦她的臉，再把乳液輕抹在她臉上。

離開醫院走回家，是個很寂靜的夜晚。我拿了一本書出來，是一本講述一名少年在放學後到回家路上發生的平凡內容。那少年說他想成為在麥田裡守護孩子們的稻草人。故事結局是那少年穿著藍色外套，看著妹妹裴琳[9]坐在旋轉木馬上。這沒頭沒腦的結論不知道為什麼深得我心，是本我已經不知道看了多少回的書。

睡下之前接到了允教授的電話。他一直不說話，取而代之的是長長的沉默和嘆氣。允教授要說的是，他會支付所有的醫療費，還有不會再讓坤接近我。

「沒有不能被救贖的人類，只有放棄拯救的人類。」這是原為死囚的美國作家P. J.羅蘭所說的[10]。P. J.羅蘭因為涉嫌殺害自己的繼女而被宣判死刑。他主張自己是清白的，因而在受刑期間寫下了自傳式的論文。後來書雖然成為暢銷作品，但P. J.羅蘭本人永遠也不知道這件事，因為死刑仍如期舉行。

他死後過了十七年，隨著真兇自首，P. J.羅蘭的清白也被證實了。對他女兒下毒手的人是住在隔壁的鄰居。

P. J.羅蘭之死在各方面都引起了爭論。雖然關於女兒的事他是清白的，但他已經有暴力、強盜、殺人未遂等前科。很多人說他是顆定時炸彈，也就是說儘管宣告無罪，總有一天還是會犯下可怕罪行的意思。總之

9. 譯註：此書為《麥田捕手》。
10. 原書註：P. J.羅蘭為虛構之人物。

在世人任意對已死去的男人審判之時，P. J. 羅蘭的書依舊繼續大賣。

書的大部分內容赤裸裸地描寫了他不幸的小時候，還有充滿憤怒的年少時期。由於把刀插入人體內、強姦他人時是什麼感覺，又是用什麼方法等內容都寫得非常詳細，因此在部分州區更被列為禁書。他就像是把食物分門別類放進冰箱，或是在說明怎麼樣把文件放進信封才不會讓它們散落各處的方法，清楚地描寫那些內容。沒有不能救贖的人類，只有放棄拯救的人類……他是用什麼心情寫下這句話呢？是渴望被救贖的手勢，還是帶著很深的怨恨？

對母親和外婆揮刀的男人、坤和P. J. 羅蘭是同一類型的人嗎？還是說跟P. J. 羅蘭相近的話反而是更好的呢？

我想要更了解這個世界，在這層意義上，坤對我來說是很重要的。

37

沈博士是那種就算別人都已經在狂奔，還是會保持鎮定的人。跟他說我跟坤之間發生的事時是那樣，就連我第一次跟他說了很久關於我自己事情的那一天也是。天生較小的扁桃體、覺醒水準較低的大腦皮質，還有關於母親的教育。沈博士也只回說，謝謝你跟我說這些。

——坤打你時原來你不會怕啊，但你也知道那不是代表勇敢對吧？

我也講過了，再發生那種事的話，我絕不會善罷甘休的，因為那也是我的責任。就結論而言，你必須先避開。

我同意，因為母親一直教我的也是那樣。但如果沒有教練在，選手就會鬆懈。我腦子的驚嚇程度也就只會跟扁桃體的大小一樣。

——對人感到好奇當然是很好的事，但我個人對於你充滿好奇心的對象是那個孩子這點並不是很開心。

——一般情況下，應該會叫我不要跟坤玩在一起，對吧？

——也許。如果是你媽的話也會這麼做，一定會。

——我總是有想更了解那孩子的想法，那是不好的嗎？

——你是說想跟那孩子更親近點嗎？

——所謂更親近點，具體來說是什麼？

——比方說，像你跟我這樣坐在一起聊天、一起吃點什麼或分享些什麼想法、就算沒有什麼金錢往來，也會願意為了對方花時間。這些就叫做親近。

——我不知道，我跟叔叔算是親近的。

——哈哈哈，不要說不是。總之雖然是有點老派的說法，但會遇到的人總是會遇到的。時間會告訴我們那孩子能不能跟你成為那種關係。

——我能問叔叔你為什麼不攔我嗎？

——我一直很忌諱輕易判斷一個人，因為每個人都是不一樣的，尤其是你這個年紀的孩子更是如此。

沈博士本來是大學醫院的心臟外科醫生，不僅執刀多次，對患者的術後護理也很完善。但在他沒日沒夜忙著觀看別人心臟時，他妻子的心臟也出現了缺口。妻子的話越來越少，而他仍然忙到沒時間照顧她。某天他們終於去了延宕許久的旅行，是可以看到藍綠色大海的島嶼度假勝地。博士邊喝著透明的葡萄酒邊望著夕陽，滿腦子想的都是回去後要做的事。夕陽沉入大海以前，博士睡著了，不久後他被一陣氣喘吁吁的聲音吵醒，他的妻子正瞪大雙眼緊抓著胸膛。妻子心臟內的電流信號正出現錯誤，毫無預警地，每分鐘的脈搏飆到了五百下。一切都發生在一瞬間，博士能做的只是邊哭邊抓住妻子的手一直說會沒事的，再忍一下就好。

原本瘋了般地狂跳著的妻子心跳突然停止了。既沒有心臟去顫器，就算喊了急救代碼（code blue），也沒人跑過來。博士就像個業餘醫生一樣，對著已無可能性的心臟瘋狂地按壓。經過一個多小時救護車到達了現場，但妻子的身體已經冰冷僵硬。就這樣，他的妻子永遠地離開了他，後來博士也放下了手術刀。

他們沒有小孩，所以他是一個人。每次想到妻子時，就會浮現香噴噴的麵包味。他的妻子總是為他親自烤麵包，那個味道會讓他想起一些懷念的事情，像是已經遺忘的童年記憶，或是難以說明的那些渺小記憶裡的某一個場景。即使是繁忙的早晨，餐桌上永遠都會放著香噴噴又熱騰騰的麵包。於是博士開始學做麵包，因為這是他覺得他能為妻子做的唯一一件事。就常理上令人無法理解，畢竟吃麵包的妻子都已經消失了，這麼做又有什麼意義呢？

雖然我不知道，但博士跟母親聊了很多。從原本的新入住者到變成常客的母親，跟博士聊了各種話題。母親不管跟誰都不曾提過我的事情，但最常跟博士說的就是，要是自己有個三長兩短，拜託博士要多多幫忙直到我長大成人。母親總是用盡一切心力讓我的狀態是個秘密。把我還有她的人生向某人自白的母親，是我不熟悉的母親。我很慶幸對母親來說，還有那樣特別的人存在。

38

用外婆的說法來表現的話，書店是個數千數萬名的作家將活人、死人全部都放在同一個地方的高密度地區，但書們卻很安靜，還沒打開前非常寧靜，一打開的瞬間就有各種故事紛沓而至。隱隱約約，剛好就是我想要的。

我突然感覺有人，轉頭便看到一名身材矮小的男人扭捏地整理了一下衣領就消失在書櫃後。我匆匆一瞥，後腦勺上一處像星星模樣的禿頭部位吸引了我的目光。接著，櫃檯上便出現一本成人雜誌。上面有個金髮如獅子鬃毛一樣捲、穿著皮外套勉強蓋住快要露出來的胸部，並騎在摩托車上的女郎。嘴巴微張，背則完全向後倚靠。

——還真無聊啊。就當作是收集古董品幫你買一本，多少錢？

是坤。

——兩萬塊。就像你說的是古董品，所以不便宜。

坤邊嘟囔著邊翻找口袋，接著把鈔票和零錢丟了出來。

——你。

一說完就把手肘放在櫃檯，撐住下巴直盯著我。

——聽說你是機器人？什麼都感覺不到啊？

——不完全是那樣。

坤吸吸鼻子說：

——我可是調查了一下你啊，確切來說是調查了你那顆該死的腦袋。

坤用手指敲了敲自己的腦袋，發出像是敲打熟成西瓜時的聲音。

——難怪，難怪啊，我就覺得有點奇怪。我呀，什麼沒有，就最愛用力氣。

——你爸說如果你來找我就要打給他。

——不需要這麼做。

坤的眼睛裡瞬間冒出火花。

——看來得打一下了，既然都約定好了。

雖然拿起了電話，但電話還沒放到耳邊就被丟到地上。

——你沒聽到嗎？臭小子，我叫你不要打，我不會動你的。

坤繞了書店一圈，無謂地翻找起了書，接著站在遠處大叫道：

——被打的時候痛嗎？

——痛啊。

——聽說你是機器人，看來不完全是個空殼啊。

——嗯……

我欲言又止。我的情況總是很難說明，尤其是在會幫我補充說明的母親消失後更是嚴重。

——比方說，冷啊、熱啊、肚子餓還有痛，這些我也能感覺到，如果不這樣就活不下去。

——這就是全部？

——也能感覺到癢。

如果搔你癢你也會笑？

——應該是吧。雖然我已經很久沒被人這樣開玩笑，所以不太確定。

聽我這麼一說，坤發出了洩氣的聲音，不知不覺地他已經站到櫃檯前。

——我能問你個問題嗎？

我聳聳肩，坤把眼睛轉向別處。

——聽說你外婆死了，是真的嗎？

——嗯。

——母親現在是植物人？

——硬要說的話，是可以這麼說。

——聽說是在你眼前變成那樣的？被某個瘋子砍成那樣。

——沒錯。

——但聽說你只是默默看著。

——就結論來看算是這樣。

坤一下子轉過頭來，

——真是個神經病啊！你外婆跟媽媽在你面前死去，你就只是看著？那種人就該當場把他揍死。

——沒那個時間，那個人也當場死亡了。

——這我知道。但就算那個人活著，你也什麼都做不了。你什麼都阻止不了，膽小鬼。

——也許是那樣。

我的回答讓坤搖了搖頭。

——就算我說這些你也不會心情不好嗎？居然會面無表情？你不會想嗎？你不想你外婆和母親嗎？

——我很想，非常，很常。

——那你還睡得著？又是怎麼去上學的？去你的，你家人就在你眼前流著血死去。

——就這樣活下來了。雖然不知道其他人會不會比我更久，但應該都是過一段時間就會繼續吃飯和睡覺的。因為人類就是會活下去的存在。

——還真會裝懂啊。如果是我的話，一定每天都很生氣，委屈到睡不著覺。其實我聽到這事後，已經連續好幾天都睡不著。如果是我的話，那傢伙早就死在我手裡了。

——抱歉，因為我害你睡不著覺。

——抱歉？聽說你外婆死掉時，你一滴眼淚都沒掉啊，居然還知道跟我說抱歉？真是無情的傢伙啊。

——這樣聽下來你的確有可能那樣想。至於抱歉這句話，是我學來的，所以知道怎麼適當使用。

坤吐吐舌。

——你這個傢伙，完全無法理解耶。

——大家雖然沒說，但一定也是這樣想的，因為我母親也是這樣跟我說的。

——瘋子……

說到這坤嘴巴就閉上了。好長一段時間都沉默不語，我又回想了一次坤和我之間的對話。這次輪到我開口。

——但你，會用的詞彙還真的不多啊。

——什麼？

——雖然大部分是髒話，但講出來的髒話也就那幾個，詞彙量好像很有限，多念點書的話應該會有幫助，這樣也能跟別人聊多一點。

——你這機器人還好意思建議別人啊。

哈，坤乾笑了一聲。

——我會認真看的，好看的話我再來。

他晃晃自己選的書走出店門，那陣風在騎摩托車女郎的胸部上引起一陣漣漪。門關上之前，坤轉身過來。

——啊對了，不用打電話給那個叫爸爸的人，因為我要回去了。

——好，希望你沒有騙人，畢竟就算你說謊，我也察覺不到。

——還真像個老師啊。我都這麼說了，你就那樣相信吧。

門啪一聲關了起來。一陣風被吹進店裡，是帶有微夏香氣的風息。

39

不知道是不是因為允教授給了業者適當的賠償，在披薩店發生的事好像沒有通報到學校。那件事只有在孩子間傳來傳去，一股好像什麼大事要發生的冷冽氛圍圍繞其中，但沒過幾天大家就發現這不是什麼大不了的事。坤低著頭不跟任何人對看，原本跟著坤的兩個孩子也混到其他團體，不在坤的身邊打轉。坤有自知之明地在偏僻處獨自吃著飯，不再瞪著別人而是趴著睡覺。從被視為是問題學生到變成只是個普通孩子並沒有經過太久，隨著坤脫離話題中心，關注我的人也隨之變少。孩子們的注意力總是放在更奇怪或更有趣的事情上，自從有個孩子進入無線台選秀節目的決賽後，其他人就連日討論他。

正式地說，也就是就孩子們的分類而言，我們算是「敵人」。光是看這段時間發生的事，的確該如此。所以雖然沒有人先開口說要這麼做，但我跟坤在學校都裝作不認識，互不交談也不看彼此。我們就像板擦跟黑板一樣，只是構成學校的存在而已。在那誰也不是真的。

40

——去你的，還真藝術啊，都遮起來了有什麼好看的？

坤把之前買走的雜誌啪一聲丟到櫃檯上碎念道。雖然言行舉止都跟之前差不多，但語氣和動作都溫柔了點。沒有把書丟到地上而是放到櫃檯、分貝數較低之類的，而肩膀也比之前更挺了。

不知道為什麼會這樣，總之之後坤便常來訪問和突襲，非我所願。他幾乎每天晚上都會路過店裡，每次停留的時間都不可預測。有時說完幾句沒意義的話後就咻一下跑掉，有時也會靜靜看書或是啜飲著罐裝飲料。說不定是因為我什麼也沒問，所以他更常來。

——真遺憾你不喜歡這本書，但規定上不能退貨，如果是有瑕疵的書就另當別論，但都已經買走這麼久的書更是無法。

坤大聲地哼了一聲。

——誰說要退貨了？只是想說放在家裡不知道要幹嘛，所以才拿來的，就當作是借書的錢。

——這本很古典，可能還有粉絲喔。

——原來我讀了古典啊？看來要放進讀書清單裡了。

不知道是不是我的話很好笑，坤噗哧笑了出來。但看到我沒跟著笑，便馬上正色收起笑臉。回應那句話對我來說是很困難的事，再怎麼勉強也只是嘴角微微上揚而已。勉強微笑實在太明顯，反而有可能會讓對方誤會是在嘲笑他。

從小學開始就被看作是冷漠又乏味的小孩也是因為我的笑容。就連強調根據情況自然微笑是社會生活很重要一環的母親，每次都會講到放棄。結果母親想了別的方法，要我試著假裝在做別的事或是沒聽到別人的問話。但那大部分都時機不對，常常等到一陣沉默後才艱難地找回要說的話。現在在坤的面前好像不需要這麼做，因為我們還在聊古典的話題。

——一九九五年出版的話，算是雜誌界的老爺爺了，這可是費盡千辛萬苦才找到的。也許別人不知道，但這真的是古典。

——那你推薦我其他書看看吧，古典的。

——你說「那種」種類的古典嗎？

——沒錯，你所謂的「真正」的古典。

古典總是放在隱密之處。我帶坤走到角落的書架區，從最裡頭、堆滿灰塵的角落拿出一本書。是在舊韓末時期拍的猥褻照片，可以看到士大夫和妓女相擁的各種體位，因為很敢拍所以照片十分露骨，偶爾還有一些性器露出的照片。只有照片是黑白跟穿著韓服這點與現代不同。

坤盤腿坐在角落接過書，一翻頁他的嘴巴就張得極大。

——哇賽，我們的祖先居然有這麼了不起的一面嗎？

——了不起這個詞是用在比你年紀小的人身上，看來你得多認點字了。

——去你的。

坤邊回答邊繼續翻頁。他留心地看著每一頁並且規律地吞嚥口水，不知道是不是身體很癢，坤聳聳肩又抖了抖盤腿坐的雙腿。

——多少錢啊？

——很貴，非常貴，這可是特別版，就算是複印本也有收藏價值。

——還有人來找這個嗎？

——真正懂得古典的人就會來找啊。因為數量不多，所以如果不是真正的收藏家我是不賣的，所以你也小心點。

坤一下子蓋起書，開始翻找附近的書籍。《閣樓》（*Penthouse*）、《好色客》（*Hustler*）、《花花公子》（*Play Boy*）[11]、《首爾星期天》（*Sunday Seoul*）[12]，都是既珍貴又昂貴的書。

——這些都是誰找到的啊？

——我媽。

——你媽真有眼光啊！

剛說完坤又補充道：

——這是稱讚，我是說你媽做生意的手腕很高明。

11. 譯註：均為美國成人雜誌，多刊登各類裸露、性感照片。
12. 譯註：為韓國最早的娛樂雜誌，於一九六八年創刊。

41

那句話是錯的。母親跟所謂有做生意手腕這件事差得極遠，只要是跟我無關的事，母親就是個根據浪漫和自己的心情來決定大部分事情的人，開書店這件事就是個證明。剛開書店時，母親煩惱要用什麼書來裝飾書店，好像是想不出什麼特別的主題，只好先像其他舊書店一樣，以各種技術、學術書籍、試題本、童書、文學書進行一定程度的裝飾。之後等到有一些餘錢時，母親就說要在書店裡放台咖啡機。書和咖啡香，絕配。這是母親的想法。

——咖啡機會凍壞的。

對此嗤之以鼻的是外婆。外婆總是能用幾句話就讓母親氣得跳腳。母親對於自己的高尚興趣被嘲笑而感到憤怒，外婆眼睛眨也不眨地又補充說：

——還是放點色情書刊吧。

母親一張大嘴巴發出哼哼聲，外婆就馬上發揮她說服的功力。

——金弘道[13]的畫中也是春畫最精采，時間一過都是古典，越是露骨就越會成為有價值的古典。就從那些書開始找起。

最後又補了一句首尾呼應。

——咖啡機會凍壞的。

母親苦惱幾天後決定接受外婆的建議。

母親用網路找尋那些想要賣過季雜誌的人，第一次跟個男生約在龍山站面交。因為量多所以我跟外婆也一起去了。一名看起來大概四十歲後半的中年男子好像被兩個女人帶一個小孩的組合嚇到，一從母親那邊拿到錢後就咻一下地跑掉了。雜誌用細繩綁著所以封面都能輕易看見，在回家的地鐵上，我們三人和放在我們面前的雜誌堆總是吸引人們的目光。

——也是啦，沒穿衣服的女人被細繩綑綁著的確是很引人注目。

外婆一說完就聽到母親抱怨道：

——是媽妳叫我這麼做的，不要假裝不知道！

13. 譯註：為朝鮮時代的畫家，以風俗民情畫作最為著名。

後來也順利完成幾次面交，這樣看來那些要給坤看的稀有資料也是從這收集來的。幾次奔走下來終於完成了外婆的「古典收藏」。

很不幸地，這次外婆看走了眼。雖然有時會看到一些叔叔到成人雜誌區翻書，但這時代並不像母親二十幾歲的那個、要鼓起勇氣親自購買愛情動作片的年代。所有隱密的事情都可以透過各種管道，在家就能神不知鬼不覺地解決。因此在二〇一〇年代後半的舊書店裡，把色情雜誌放在櫃檯，特別是放在女老闆面前，並不是件尋常事。除了一家中古唱片行老闆說要裝潢店裡買走幾本外，那個世界裡的古典們一本也沒被賣掉地躺在角落。光明正大單買一本的人，坤是第一個。

42

那天坤假借「古典」名義買下了幾本書，還問我能不能用借的，我跟他強調這裡是賣書的地方不是租書店。

——我知道啦，呆頭。反正我看完又會拿來還的，放在家裡保管有點那個不是嗎？

雖然還是愛罵髒話，但語氣比之前更溫和了。過幾天坤又拿著書回來店裡，雖然我跟他說不用還，但他堅持地說，收下，臭小子。

——因為是以前的書所以很保守啊，跟我喜歡的實在差太遠了。

感覺再爭下去也沒什麼用就把書收下了，但發現有幾頁不見了，中間也有幾頁被剪掉。我突然瞥見還沒來得及撕下來的標題，布魯克．雪德絲（Brooke Shields）[14]，坤一臉作賊心虛地直盯著我。

——這書很難找，書架上可沒幾本有記載雪德絲漂亮寶貝（Pretty Baby）內容的雜誌。

——還有那個女人的照片嗎？

——要給你看嗎？

我打開櫃檯電腦打上「布魯克．雪德絲漂亮寶貝」搜尋圖片，出現一大堆雪德絲，從小時候的照片到年輕時到達顛峰的各種樣貌。坤讚嘆連連。

14. 譯註：美國名模，被譽為世界第八大奇蹟，美國最美嬰兒。

——人怎麼可能長成這樣？

原本張著嘴看著一張張照片的坤突然發出嘔一聲。

——這什麼啊，這張照片。

是張寫著「布魯克・雪德絲近照」的照片。超過五十歲的年紀，滿是皺紋的臉塞滿了整個螢幕。雖然已經不再年輕，卻仍保有些許年輕時美麗的輪廓。但坤好像不這麼想。

——你知道我現在真的大受打擊了嗎？幻想完全破滅了，早知道就不看了……

——也不是她願意改變的啊，不要這樣。歲月是不會避開任何人，活著活著都會遇上各種稀奇古怪的事。

——誰不知道啊？你怎麼，每句話都這麼像老人啊？

——該說聲對不起嗎？

——啊，真是，怎麼會這樣……怎麼會變成這樣啊……幹嘛給我看啊，臭小子，這都是因為你！

那天坤輪番對著我和布魯克・雪德絲出氣，最後什麼也沒買就走了。

兩天後坤又出現了。

——我有點好奇，

——什麼？

——我這幾天一直在看布魯克．雪德絲的照片，不是以前的，是最近的。

——你是特地來說這個的？

——你最近很欠揍耶。

——我不是故意的，如果害你這樣想我很遺憾。

——總之看了布魯克．雪德絲的照片後，我有了一些想法。

——什麼樣的？

——命運和時間。

——這句話從你嘴裡說出來還真新鮮啊。

——你這小子，你知道自己總是能把一句很單純的話講得很糟嗎？

——不知道。

——真棒啊。

——謝謝喔。

突然坤笑了，哈哈哈哈哈，一次呼吸裡包含了五個哈。這句話裡的笑點到底是什麼？我轉移話題問：

——你知道黑猩猩跟金剛也會笑嗎？

——哦，那又怎樣？

——那牠們的笑聲跟人類的差別是？

——誰管他啊，想要裝懂的話就直接說吧。

——人類的每次呼吸裡有好幾個笑聲，但猿人吐氣時只能笑一次，就像腹式呼吸法一樣，哈、哈、哈、哈、哈這樣。

——那應該會練出腹肌吧。

講完之後坤又自己笑了。這次是嘻嘻嘻地笑，接著為了冷靜下來深吸一口氣後，呼一聲地吐氣。

我們之間好像有什麼變得不一樣了，跟之前。

——但你剛說命運跟時間，那是什麼意思？

我問。雖然這是第一次跟坤進行這種對話，感到有點陌生，但我不想停下來。

——很難說明……就是說，布魯克．雪德絲年輕的時候會知道嗎？知道自己會變老、知道自己會老到跟現在完全不同的面貌？所謂老去、所謂變化，就算知道也不太能想像吧。我突然有那種想法，也許現在在路上看到的那些奇怪人士，像地鐵站裡一個人自言自語的中年露宿者，還有那些不知道經歷什麼事沒了雙腿趴著祈求的人……那些人年輕的時候應該也是跟現在截然不同的面貌吧？我突然有了這樣的想法。

——悉達多也跟你有一樣的煩惱所以離開了皇宮。

——悉……他誰？好像很常聽到。

突然在這個節骨眼上詞窮了，好不容易想了個不會刺激到坤的回答：

——有這麼一個人，滿出名的。

——不管啦。

不知道有沒有成功，總之沒什麼反應。坤看向遠處，聲音變得低沉。

——所以說你跟我也有可能成為我們完全想像不到的樣子。

——會吧。不管是哪個方向，那就是人生。

——怎麼聊得好好的又開始講大道理了。就算這樣你跟我活的歲次可是一樣的好嗎？

——是歲數，不是歲次。

坤舉起手又放下，嘴裡說著，真想，一巴掌打下去。

——奇怪的是我現在已經不想看以前那種雜誌了，不好玩，那些美麗的事物都變成枯萎的想像。雖然像你這種人永遠都無法理解。

——沒想到你居然對布魯克．雪德絲失去興趣，我倒是能推薦其他對你有幫助的書。

——拿來看看。

坤敷衍地回答。我推薦他一本外國作家寫的《愛的技術》。坤看到標題，臉上帶著奇妙的微笑回去了。雖然隔沒幾天就又怒氣沖沖地跑來說，把這些廢話給我收回去，但也不算是很沒意義的推薦。

43

不知不覺時序來到五月初。五月有許多事持續在發生，對新學期的陌生感也消失了。雖然大家都說季節的女王是五月，但我的想法有點不同。從冬天轉換成春天，整個大地融化後長出新芽，原本死氣沉沉的枯枝開滿各色花朵，這才是最困難的。夏天不過是接續春天的動力，只要往後走幾步就可以。

所以我覺得五月是一年中最懶惰的月份，它所獲得的珍貴評價遠高於它所付出的。五月也是我覺得自己跟世界最不一樣的月份，世上萬物都在活動和發光，只有我跟躺著的母親就像永遠的一月一樣，既呆板又充滿灰色。

因為只有放學後才會開店，生意當然沒有什麼起色。讓我想到外婆曾說，如果不是必要的生意就要收起來。雖然每天都在清掃灰塵，但少了兩個人的空間總讓人覺得越來越老舊。還能獨自一人在這空間撐多久呢？

走在書架間，突然我抱在手裡的書嘩啦啦地掉落一地，手被書割傷。在滿是濕氣的舊書店裡，這種事情並不常發生。因為是用堅固又厚實的紙張做成的百科字典，所以只能說是運氣不好。地板就像被蓋了章一樣，紅色的血滴滴滴答答地印在上面。

——在幹嘛啊？神經病，不是流血了嗎？

是坤。都沒發現他來，也不知道什麼時候走過來的。

——不痛嗎？

坤眼睛睜得圓圓地，趕緊抽出衛生紙包住我的手。

——這種程度還可以。

——別瞎扯了。流血的話就是會痛，你真的是白痴嗎？

坤生氣了。比想像中被割得深，很快整張衛生紙都沾滿血。坤又抽了新的衛生紙包住我的手，緊握著我的手指，脈搏劇烈地跳動著。握住一段時間後血漸漸止住了。

坤大聲地說：

——你都不知道要愛護自己的身體嗎？

——雖然有點痛但還能忍。

——血一直在流還說能忍？你真的是機器人嗎？我是這麼想的。你總是這麼敷衍，所以當你媽和外婆在你眼前發生那種事時，你只會傻傻地站著。連她們一定很痛、要阻止的想法都沒有，也不會生氣，因為你什麼都不知道。

——嗯，醫生們是這麼說的，天生的。

精神病患，是小學開始每當小孩捉弄我時最常用的說法，雖然母親和外婆對此暴跳如雷，但其實我有些同意那個說法。說不定我真的是那種人，因為就算傷到人或是殺了人也感覺不到自責或是混亂。我天生就是這樣。

——天生的？這句話是世界上最沒意義的話。

坤說。

44

不久後，坤拿來一個塑膠瓶。不知道是從哪找來的，裡面有隻蝴蝶。想要展翅飛翔但不知道是不是因為瓶子太小了，所以一直聽到蝴蝶到處飛到處碰撞的聲音。

——這什麼？

——同感教育。

坤臉上的笑容消失了，不是在開玩笑。他小心翼翼地將手伸進瓶裡抓起蝴蝶。蝴蝶像花瓣般薄弱的翅膀被抓住，無力地掙扎著。

——你覺得蝴蝶在想什麼？

坤問。

——應該想掙脫。

把蝴蝶抓出來的坤，兩手各捏著蝴蝶一邊翅膀慢慢向旁邊拉開。蝴蝶的觸角到處彎來彎去，身體劇烈地掙扎著。

——如果你是因為想讓我感覺到什麼才做這種事的話，住手吧。

——為什麼？

——因為蝴蝶也會痛。

——又不是我在痛我怎麼會知道？

——因為手臂被抓的話會痛，這是經驗論。

但坤沒有停手，蝴蝶的掙扎也到達頂峰。坤雖然抓著翅膀但視線卻看向別處。

——你覺得會痛嗎？如果這是全部的話那可不夠。

——不然？

——比方說，你也要有會痛的感覺。

——我為什麼會痛？我又不是蝴蝶。

——很好，那就繼續吧，繼續到你感覺到什麼為止。

坤又繼續拉開翅膀，視線依然看著別處。

——我明明叫你住手了。拿生命開玩笑是不好的。

——不要像教科書一樣喋喋不休的。我不是說了，等到你真的感覺到什麼的時候，我就會放手。

那瞬間蝴蝶的一邊翅膀被撕碎了。坤的嘴裡發出一聲又急又短的嘆息，失去一邊翅膀的蝴蝶，剩下的一邊也失去了意義，只能在原地轉呀轉。

——你不覺得很可憐嗎？

坤氣喘吁吁地問。

——看起來很不舒服。

——不是看起來不舒服。我是問你，有沒有很、可、憐。去你的。

——住手吧。

——不要。

坤手忙腳亂地從口袋裡拿出什麼東西，是針。他將針拿到在地上打轉的蝴蝶面前。

——你在做什麼？

——看清楚了。

——住手吧。

——看清楚！不然我就把你這裡掀了，聽懂沒？

我並不希望書店變得一團亂，也很清楚坤是能充分做出這種事的人。坤好像在擺設祭祀桌一樣直盯著蝴蝶，下一瞬間蝴蝶的身體被針穿過，蝴蝶無語地掙扎著，用自己能盡的最大努力拍著翅膀，死命地拍著。

坤怒視著我，跟著一咬牙將蝴蝶的另一邊翅膀也撕碎了。表情改變的人是他不是我。他的眉毛開始上下挑動，牙齒緊咬著上揚的嘴唇，好像在嘲笑一般。

——如何？現在你的心動搖了嗎？這種程度你還只是覺得不舒服嗎？這就是你感覺到的全部嗎？

坤聲音分岔。

——我現在覺得蝴蝶很痛，非常痛，但你看起來更不舒服。

——沒錯，我其實不喜歡這麼做。我喜歡的是一次痛快地解決，而不是慢慢折磨和拷問。

——那你為什麼還要做？反正我也無法讓你看到你想看到的。

——閉嘴，神經病。

不知道從什麼時候開始，坤的臉漸漸皺成一團，好像回到在焚化爐那天他踢我的場景。雖然坤想要再對蝴蝶做什麼也無法了，沒了翅膀，身上還被插著針在地上不停打轉的蝴蝶，已經無法再讓人聯想到牠是蝴蝶了。昆蟲正用全身在表現牠的痛苦，用那悽慘的樣子往前、往後、往旁邊不停死命打轉。是想大叫住手嗎？還是想活到最後才這麼做的呢？應該只是本能，不是情緒，而是感覺帶來的本能反應。

——靠，沒能弄的地方了。

砰、砰、砰，坤把蝴蝶再度丟到地上，用力地踩了好幾下。

45

原本蝴蝶所在的地方，留下了黑點般的痕跡。我祈禱蝴蝶能前往西方極樂世界，也認為如果我能阻止蝴蝶的不舒服就好了。

我把那天發生的事當作是場「對看」比賽，只是個遊戲，誰先眨眼誰就輸了。這種比賽我總是獲勝的一方，因為其他人會為了不閉上雙眼而用力，但我根本就不知道要怎麼眨眼。

坤沒出現在我面前的時間漸漸變長了。那孩子對蝴蝶做出那種事後為什麼會發火？是因為我沒有回應？還是因為我沒有阻止他？還是對事情只做一半的自己感到生氣？能夠分享這些疑問的人只有一個。

沈博士對於我丟出的問題，總是很努力幫忙解惑。能夠不帶偏見傾聽我跟坤之間這種特別關係的人，也只有他了。

——我這輩子都會活得像現在這樣嗎？我是指什麼也感覺不到這件事。

我吞下烏龍麵後這麼問他。沈博士有時會請我吃飯，特別是吃麵。他喜歡的東西好像除了麵包以外就是麵了。他把醃蘿蔔咬了好幾口吞下後擦了擦嘴。

——真是個困難的問題啊。我想這麼回答你，能從你嘴裡說出這個問題本身就已經是極大的改變，所以我的意思是要你努力看看。

——要做什麼努力？不是說是天生的腦袋問題嗎？就算母親每天叫我吃杏仁果也沒有用。

——嗯，怎麼說呢？說不定不要吃杏仁果，而是給點刺激的話會有點效果？大腦這傢伙可是比想像中還要愚蠢呢。

沈博士的意思是，雖然天生扁桃體較小，但只要透過努力一直營造出假情感的話，久而久之說不定大腦就會以為那是真的情感。這麼一來可能會對扁桃體的大小還有活化造成影響，也說不定能更容易解讀出其他人的情緒。

——過去十六年都沒改變過的大腦，現在還有可能產生變化嗎？

——舉個例子來說吧，對滑冰完全沒天分的人，就算經過百日的練習也無法成為最厲害的滑冰選手；天生音癡的人，也不可能把歌劇的抒情小調唱得扣人心弦以得到聽眾的喝采。但練習這件事啊，就算有點搖搖晃晃，至少也能慢慢在冰上前進；就算有點生疏，但也是有可能唱好一小節歌詞的。這就是練習所容許的奇蹟，也是它的極限。

我慢慢地點了點頭，雖然能夠理解但不足以說服我。這情況也適用在我身上嗎？

——這些煩惱是從什麼時候開始的？

——不久前。

——有什麼轉捩點或理由嗎？

——嗯……這就好像別人都看過的電影只有我沒看過一樣。雖然說沒看過也能過日子，但是看了的話，跟其他人能聊的話題就會變多一點了吧。

——真是驚人的發展啊。剛剛你的話裡包含了想跟別人對話的意念。

——看來是青春期吧。

沈博士笑了笑。

——既然這樣的話，就練習吸收開心又美麗的事物吧。你現在就跟張白紙沒兩樣，所以除了壞的以外，就盡量裝滿好的。

——我會試試看的。雖然不知道該怎麼做，但總比什麼都不做好。

——去了解那些你不知道的情緒並不一定全是好事。所謂情緒是非常奇妙的，會跟你所認知的世界完全不一樣。就連那些圍繞著你的小小事物，都會讓你感覺像是尖銳的武器。原本覺得沒什麼的表情或言語，也會變得像荊棘一樣刺傷你。你看路上的石頭，雖然什麼都感覺不到，但也不會被傷害，因為它連自己被人踢都不知道。但如果「知道」自己一天內被人又踢、又踩、又滾、又碎裂了數十次，那石頭的「心情」又會如何呢？

說不定你連這例子都還不能理解，所以說我的意思是……

——我懂，因為媽媽常跟我說這類故事。雖然是為了安慰我而說的，但媽媽真的是個非常聰明的女人。

——大部分的媽媽都很聰明的。

沈博士微微笑著。我停頓一下後開口說：

——我能問您一個問題嗎？

——當然，什麼問題呢？

——該說是人際關係的問題嗎？

沈博士哈哈大笑一陣子後冷靜下來，坐在椅子上並把雙手放在桌上。我提起蝴蝶的事。故事越往後發展，沈博士兩隻手越緊緊握住，但等到都交代完後，博士的表情緩和下來並笑了笑。

——所以說你真正想知道的是什麼？坤在你面前做那件事的原因？還是坤感覺到的情感？

——怎麼說呢？兩個都跟我說說吧。

博士點了點頭。

——坤看來是想跟你當朋友。

——朋友。

我跟著重複。

——想跟人當朋友的話，還會在你面前把蝴蝶碎屍萬段嗎？

沈博士雙手交握。

——那倒不是。總之在你面前弄死蝴蝶後，他的自尊心好像受損得很嚴重。

——把蝴蝶弄死，為什麼會傷到自尊心？

博士深深嘆了一口氣，我又接著補充說：

——要讓我理解不是很容易的。

——不是這樣的，我只是在想該怎麼說才能說得更簡單一點。那，就說重點吧。那孩子很關心你。他想了解你，也想感受跟你一樣的感受。但一直聽下來總覺得好像都是他在接近你，你要不要試著先接近他看看？

——怎麼做呢？

——這個世界是問一個問題會有一百種不同答案的，所以我也很難給你正確的答案，尤其是在你這年紀，這個世界更像是個謎團，是該自己找答案的年紀了。但如果真想要我給你建議的話，那我問你個問題吧。他最近對你做的事是什麼呢？

——打我。

沈博士聳聳肩。

——我都忘了，那個跳過，其他的呢？

——嗯……

我想了下。

——他來找我。

博士輕敲了下桌子點頭說道：

——你所能做的其中一個方法就是去找他。

46

身材臃腫的阿姨帶著微笑，嘴角周圍和眉眼很柔和，就算不笑看起來也像在微笑。她幫我削蘋果，蘋果皮沒有被削斷，而是像螺旋形一樣延續出去。我坐在一個陌生家庭的桌前，望著眼前的蘋果等待著。等到蘋果已經黃到開始變成褐色時，坤終於出現了。雖然一看到我就嚇了一跳，但阿姨在中間幫忙緩和氣氛。

——坤來啦，你朋友已經在這等了半小時，你爸說今天會晚點回來。吃了嗎？

——沒關係的，謝謝您。

我第一次在坤身上看到那樣說話的神情，嗓音低沉且有禮貌。但等到阿姨一走，坤就像回到自己世界的小孩一樣，不耐煩地問：

——有事嗎？

——來看看你而已。

坤撇撇嘴。沒多久阿姨就端著兩碗熱好的湯麵出現。不知道是不是真的餓了，坤一接過便開始呼嚕嚕地吃起來。

——一個禮拜雖然只來打掃兩次但我很喜歡這樣，至少比起跟那個叫爸爸的人待在一起還要自在。

坤小聲碎念著。看起來仍跟父親不親近。坤和允教授住的地方離學校很遠，是位在能眺望漢江、乾淨又華麗的公寓最高樓，在那，大部分象徵首爾的景色都能一覽無遺，但坤說感覺不出自己站在那麼高的地方。

父親與兒子已經很長一段時間沒有對話了。一開始用盡心力的允教授最後放棄了與兒子的關係，他常拿上課或學會當藉口不回家，兩人之間的距離並沒有減少。

——那個男人啊……

坤說。

——從沒問過我這段時間過得怎麼樣。我在那個地方過著什麼樣的生活，又是跟哪些人混在一起；有過什麼樣的夢想，又因為什麼事而感到絕望……你知道那個人看到我後講的第一句話是什麼嗎？是我會送你去江南的學校。可能以為去那的話，我就會好好用功考上好大學。但第一天去了之後，就發現那裡絕對不適合我這種人，每一個眼神都這麼寫著。所以我就大鬧一場，那裡真的很不留情面，沒幾天就被趕出來了。

坤吐出鼻息。

——最後好不容易轉來的地方就是這裡。再怎麼說也是文科出身總是要顧面子的，那個人把一堆水泥倒入我的人生，一心只想著要在那上面建出自己設計的新建物，我可不是那種孩子……

坤低頭盯著地板。

——我不是他兒子，只是他們找錯的雜種而已，所以連那女的死前都見不上最後一面……

母親。不知怎麼回事，這個詞彙出現的瞬間，坤突然陷入沉默。只要從某個地方，不管是從書裡、電影裡、經過的路人嘴裡，只要出現母親這個詞彙，坤就像被按了靜音鈕一樣，不再說話。

他對母親的記憶只有一段。溫暖又柔和的雙手，就算描繪不出母親的臉孔，也無法忘記因手汗而濕潤又溫暖的雙手。他說他還記得牽著那隻手在太陽底下玩影子遊戲。

每當生命被開玩笑時，坤時常這麼想，所謂人生，就像本來牽著手的母親突然消失一樣，就算想抓住最後還是會被拋棄一樣。

——你跟我，誰更不幸呢？本來有媽媽後來沒了，跟本來記憶中沒有媽媽結果突然出現又死掉，這兩者之中。

我也不知道答案。坤沉默地低著頭，好長一段時間後才開口說：

——你知道我那時候為什麼找上你嗎？

——不知道。

——有兩個原因。一是，至少你不會像其他人一樣輕易判斷我，託你那奇特腦袋的福。雖然因為你那奇特的腦袋，不管是蝴蝶還是什麼的都是白費工夫……還有第二點。

坤笑了笑。

——其實我有事想問你，但去你的，真難開口……

我們之間變得沉默。秒針滴滴答答走著的期間，我等待坤的下一句話，接著坤慢慢地小聲開口說：

——怎麼樣？那女的。

我花了一點時間才理解他的問題。

——你不是見過嗎？雖然只有一次。

我回憶了一下，腦中浮現充滿花的房間和蒼白的臉龐。雖然那時候不知道，那張臉龐裡還藏有坤的樣貌。

——跟你長得很像。

——就算看照片我也不會知道。

坤輕嗤一聲後又繼續問：

——哪裡長得像？

這次眼睛直視我，我把我記憶中阿姨的臉跟坤的臉重疊。

——眼睛、臉的輪廓、笑起來的表情、眼尾笑開時嘴角出現酒窩的樣子。

——去你的……

坤轉過頭。

——但不是把你當作我了嗎？

——在那種情況下不管是誰都會那樣的。

——不是會想在你臉上找出跟自己相似的地方嗎？

——她跟我說的話其實是要給你的。

——最後，她最後說什麼了？

——最後抱了我，很用力地。

坤搖了搖頭，接著艱難地如輕語般地開口問：

——溫暖嗎？那擁抱。

——嗯，非常。

原本高聳著的肩膀緩緩下垂。就像消了氣的氣球一樣，他的臉變得皺巴巴的。坤慢慢低下頭，膝蓋也彎了下去，緊低著頭的身體不斷顫抖著。雖然沒有發出一點聲音，但他在哭泣。我靜靜地看著坤，感覺自己好像白長高了。

47

整個夏天我們都在見面。在一個潮濕到皮膚黏膩的夏日夜晚裡，坤躺在店門口前的平床跟我說了許多故事。但我很好奇如果把從坤身上聽到的故事，原原本本地說給別人聽又有什麼意義呢？坤不過是活著自己的人生。被拋棄、被甩開，時而可以說是非常髒亂的人生，這十六年的生活。我本來想說命運是骰子遊戲，但打住了。那才真的不過只是書裡的段落。

坤是我所認識的人當中最單純且透徹的，就連我這種傻子都能看穿他的內心。他常說因為世界是個殘忍的地方，所以要變更強大，那是坤對人生所下的結論。

我們無法變得跟彼此一樣。我太遲鈍，而坤則不承認我說他是脆弱的孩子，一味地假裝強大。

雖然大家都說不知道坤到底是怎麼樣的孩子，但我並不贊同，那只是沒有人試著去看穿他而已。

我記得不管走到哪，母親總是會緊緊牽著我的手，她絕對不會放手。有時候因為太痛而偷偷鬆掉時，母親就會斜眼看我叫我趕緊牽好，還說因為我們是家人，所以要牽著手走。我另一邊的手則被外婆握住，我從未被任何人拋下過。雖然我的腦袋很糟糕，但不至於連靈魂都墮落，也是因為緊握著我的那兩雙溫暖的手。

48

有時我會想起母親唱給我的歌。母親雖然有著明朗的聲音，但唱歌時音色卻很低沉，既像是紀錄片裡看到的鯨魚聲音又像是風聲，或是從遠處傳來的波濤聲。徘徊在我耳邊母親的歌聲隨著時間過去也漸漸模糊，也許很快就會忘掉母親的聲音也說不定。我所熟知的一切都正在離我而去。

三

49

度蘿是個跟坤站在完全不同支點的孩子。如果說坤是教會我痛苦、自責、疼痛的人，那度蘿就是教我花與香氣、風與夢的人。就像第一次聽到的歌曲一樣，度蘿是個懂得將大家都聽過的歌以全新方式唱出來的孩子。

50

開學了。校園景色看似沒變，其實正一點一點改變，就像深綠色的樹葉變得更加暗沉一般的變化，但味道卻不同，青少年身上散發出的味道就如同季節熟成般，日漸濃郁。夏天已用盡全力正準備退場，蝴蝶們慢慢藏起足跡，而死去的知了則散落在路上。

隨著早秋來臨，我的身體也起了些微妙變化，不好說明、也難以說是變化的改變。與原本認知的看起來不太一樣，因而那些常用的單字不斷在我的舌尖打轉著。

星期天下午看著電視上出道三年，第一次拿到第一名的五人女團所發表的得獎感言時也是如此。短裙加上勉強遮住胸部的小可愛，那些跟我同齡的女孩們邊互相擁抱邊蹦蹦跳著。隊長用顫抖的聲音熟練地把她們的經紀人、老闆、公司同事還有造型師、粉絲後援會的名字連珠炮似地講完後，哽咽地說出熟悉的台詞。

——謝謝你們的愛，我們真的很愛大家！祝各位有個美好的夜晚！

因為母親愛看歌謠節目，所以這場景我也看過無數次。偏偏那天有了這樣的疑問：「愛」這個字能這麼常用嗎？

突然想起在歌德和莎士比亞的作品裡，那些為了得到愛而用盡全力，最後卻選擇死亡的角色。還有那些因為愛變質就糾纏或虐待對方的新聞，跟一句我愛你就能原諒一切的故事。

所以我所理解的愛，是一種很極端的概念，將無法規範的某種東西勉強困在詞彙裡。但這個詞彙卻被過分濫用，只要心情不錯或覺得感謝時，便不以為意地脫口說出愛。

當我跟坤說這件事時，他一臉沒什麼大不了地哼了一聲說：

——你現在是在問我什麼是愛嗎？

——不是要你下什麼定義，只是問問你的意見。

——你覺得我會知道嗎？我也不知道。說不定在這點上，我跟你差不多。

坤輕笑一聲後翻了個白眼。瞬間切換表情是坤的特色。

——不對啊，你不是有外婆跟媽媽嗎？應該從那些女人那得到很多愛吧？幹嘛問我？

語氣變得粗魯，坤不斷撥亂我頸後到頭頂的頭髮。

——關於愛我也不懂，不過倒是想試試看。既然要試，就選男女之間的愛。

坤一拿到筆便迅速將筆蓋開開關關，不斷重複著把筆拿出來又收進去的動作。

——那種事不是每天晚上都在做嗎？你。

——你這傢伙還會開玩笑啊，進步很多了嘛，啊？那是男女之間的愛嗎？是自己做的愛啊。

坤輕輕敲了我後腦勺，並不會痛。他將自己的臉貼近我說：

——你，懂什麼是男女之間的愛嗎？

——我倒是知道目的是什麼。

——是嗎？那是什麼？

坤的眼角帶著笑意。

——為了繁殖的過程，自私的遺傳基因所誘導的本能……

話還沒說完後腦勺就又被坤揍了一拳，這次有點痛。

——無知的傢伙。我說你啊，就是知道太多反而無知。來，現在開始好好聽哥哥我說的。

——論生日我還比較早。

——臭小子，越來越會開玩笑了啊？

——我沒有開玩笑，我只是說出事實而……

——閉嘴，小子。

邊笑邊作勢又要給我一拳，這次被我閃開了。

——哎唷，不錯嘛！

——你能繼續剛剛說到一半的話嗎？

咳咳，坤乾咳了幾聲。

——我覺得愛是多餘的，但講得一副好像很了不起又永遠不變的樣子很討人厭。我不想要那種軟弱的，我喜歡強大的。

——強大的？

——嗯，強大的、厲害的，不是那種受到傷害覺得痛苦的，而是由我帶給別人傷害的，就像鐵絲哥。

鐵絲哥。雖然已經數次聽到這名字，但並不熟悉。身體瑟縮了一下，不知為何，感覺接下來的內容好像不是我想繼續聽的。

——那個人很厲害，真的，我想變成那樣。

說著那句話的坤，瞳孔瞬間充滿了光彩。

總之，看來要從坤那得到這類問題的答案是很難了。但如果問沈博士的話，感覺又會沒完沒了。

母親曾問有天用心在寫「愛」字的外婆，

——不過媽，妳是真的知道那是什麼意思才寫的嗎？

外婆瞪大眼睛回說：

——當然啊！

接著低吟道：

——是愛。

——那是什麼？

母親繼續追問。

——美的發現。

寫完「愛」字上半部的外婆，在寫完中間的「心」後接著說道：

——這幾點就代表我們三個，這一點是我，這是妳，這一點是那孩子！

就這樣完成了象徵著我們家三個人的「愛」字。那時我還不知道什麼是美的發現。

倒是從前不久開始就有個臉孔一直浮現在腦海裡。

51

李度蘿。我試著在腦海裡描繪我所知道的李度蘿，便浮現出她奔跑的模樣。一頭瞪羚或是斑馬，不對，這比喻也不恰當。她就只是李度蘿，奔跑的李度蘿。放在地上的銀框眼鏡、一劃破空氣便向前奔去的纖細手腳、鏡片裡反射出的光芒、揚起的塵埃和留下的足跡、一跑完就拿起眼鏡戴在鼻子上的雪白手指。那是我所知道的關於李度蘿的一切。

52

新生入學那天，在禮堂進行無聊流程的途中，站在遠處的我偷偷推開門來到走廊上。突然聽見某處傳來聲音，抬頭一看發現一個女孩站在走廊盡頭。及肩的長髮塞在耳後，用腳尖輕點著地板。不知道是不是以為周遭沒人，她開始做起伸展操，充分伸展四肢以熱身，接著原地蹦蹦跳三下後，來回在走廊跑著。她氣喘吁吁地跑著，突然在我面前停住，與我四目相接，至少五秒。那女孩就是度蘿。

沒有光澤的銀灰色粗框眼鏡，還有裡頭的圓鏡片。鏡片因為薄且刮痕多，幾乎將光線如實地反射出來，所以看不清臉上的表情。度蘿有點不一樣。不像其他人因為一點雞毛蒜皮的小事就大驚小怪，冷靜到有時就像個十足的老女人。並不是說她很早熟或是心理上很成熟，而是她跟別人就是不太一樣。

四月初以前，度蘿很常缺課，有時就算來學校也不參加補課或晚自習就直接回家，所以她也沒機會看到學期初時我跟坤之間引起的騷動。其實那孩子看起來對周遭不怎麼關心，總是坐在角落戴著耳機。聽說在準備轉到有田徑隊的高中，但最後並沒有轉成。之後我幾乎沒看過度蘿說話，上課時也只是盯著窗外的操場，就像被關在圍欄裡的豹。

我只看過一次度蘿沒戴眼鏡的樣子，是在春季運動會上，她代表班上參加兩百公尺賽跑。因為身材瘦小，乍看之下不像是很會運動的樣子。

但無論如何，那孩子站到了起跑線上，正好就在我面前。

各就各位。度蘿一下子拿掉眼鏡，雙手撐地。預備。那時我看到了度蘿的眼睛，稍微上揚的眼尾、濃密的眼睫毛，瞳孔裡散發淡褐色的光芒。出發。度蘿跑了起來，纖細而結實的雙腳迅速踩過地面揚起灰塵漸漸遠去。比任何人都還要快、如風一般的速度，強而有力又輕盈的風。瞬間度蘿已經跑完一圈回到終點，通過終點後還沒停下，就拿起放在我面前的眼鏡戴了上去。神秘的雙眼頓時消失在眼鏡後。

度蘿身邊總有朋友，也有一起吃午餐的同伴，不過都不固定。雖然不是獨行俠，但也沒有特別要好的朋友，好像也不大關心跟誰一起回家、一起吃飯。有時也會一個人行動，儘管如此也不是被排擠或跟別人合不來。就像是單獨存在的個體一樣。

53

躺在病床上九個月之後，母親睜開了雙眼。但醫院說這並不是什麼好消息，換句話說其實就只是眼皮開闔，並不是真的醒了，就像小便斗裡積滿了小便一樣的意思。她依然插著導尿管、依然每個小時都要翻身。但至少睡醒時，母親會盯著天花板眨眨眼，瞳孔也好像微微地轉動了一下。

母親是個能在眼花撩亂的壁紙花紋中找出星座的人。你看，那個勺子形狀就像北斗七星，還有仙后座耶。那個是大熊座，我們也來找找小熊座吧。與其在這邊聊星座，還不如向月娘祈禱！外婆的大嗓門好像就在耳畔。我過很久才再次來到外婆的墳前，那裡雜草叢生。我突然想起兩個女人的笑聲，不知道為什麼好像從遠處傳來一樣地遙遠。

書店已經很久沒有客人了，雖然放學後我一定堅守櫃檯，不過營收已經失去意義，也不能一直依賴沈博士的好意這樣過下去。最重要的是，失去兩個女人的書店就像墳墓，書的墳墓、遭人遺忘的文字墳墓。我好像就是那時下定決心的，該是時候把這地方收起來了。

跟沈博士說要把書店收起來，並減少行李搬到較簡約的考試院後，沈博士沉默了好長一段時間，最後他沒有問我為什麼，只是點了點頭。

圖書部[15]的負責教師是擔任三年級班導的國文老師。我進到教務處時，老師正對著副校長磕頭，因為他負責的班級一直是模擬考排名墊底，副校長不停責問他要如何是好。我問脹紅著臉回到座位的老師能不能捐書到圖書館，老師心不在焉地點頭說就這麼做吧。

走廊上一片鴉雀無聲，因為期中考就快到了，晚自習時間同學也不會搗亂。我拿著早上就放在體育館角落的箱子走向圖書館。

門輕輕一碰就開了，同時耳邊傳來輕快的呼吸聲，哈哈哈哈。我朝書櫃走去，看見一個女孩的側臉。一腳在前，一腳擺在後面，不斷來回變換腳的姿勢，有時還會原地跳。雖然是原地跳，但來回交叉的幅度極大。鼻子上掛著汗珠，髮絲飄來飄去的。我們四目相交，是那孩子。

——嗨。

這種時候先開口是種禮貌。度蘿停下了動作。

15. 譯註：此處為管理圖書之員工組成的團體，類似圖書社。

——我是來捐書的。

我自顧自地邊說邊打開箱子。度蘿開口說：

——圖書部的人會整理的，放那吧。

——妳不是圖書部的人？

——我是田徑隊的。

——我們學校有田徑隊？

——有啊，沒指導老師，隊員就我一個。

——啊。

我把開了一半的箱子輕輕放到角落。

——但這麼多書是哪來的？

我回說之前是開書店的。要捐的大部分是參考書，參考書也是有時效性的，如果不是有名的考試用書，一旦過了考試季就不容易賣掉。

——話說妳啊。

我開口問。

——為什麼在這運動？不去體育館？

度蘿本來雙手背在後面慢慢走著，突然咻一卜地轉過頭。

——在體育館的話太明顯了，這裡最安靜，反正也沒什麼人會來不是嗎？基礎訓練要做好才能跑得快。

在敘述自己喜歡的事物時，人們會帶著微笑，眼睛也會閃閃發亮。度蘿就是那樣。

——跑了要幹嘛？

不是帶有什麼意義的問題，但度蘿眼裡的光芒一下子黯淡下來。

——你知道你剛問了我最討厭的問題嗎？那些話從我爸媽那邊已經聽夠了。

——抱歉，我不是要責怪妳，只是想問目的。妳想跑步的目的。

度蘿嗯一聲嘆了口氣。

——就像我也有那種「活著要幹嘛」的類似疑問。難道你是有什麼目的才活著的嗎？坦白說不就只是這樣活著而已嗎？活著活著如果遇到好事就笑，遇到壞事就哭。跑步也是一樣的，得第一名很開心，沒有則會覺得可惜，實力不夠的話也會自責和後悔。就算如此也只會繼續跑下去，只是這樣！就像活著一樣，只是這樣！

一開始雖未如此，但越到話尾聲調也逐漸高昂。我點點頭，為了讓她冷靜下來問了句：

——妳爸媽也被這話說服了嗎？

——沒，當然是嘲笑我了。跑步能幹嘛？說什麼反正變成大人後，除了變紅燈前要奔跑以外，這輩子就沒有需要奔跑的事了。很可笑吧？說我又不是尤賽恩柏特，跑步能幹嘛？

度蘿嘴角垮了下來。

——那妳爸媽希望妳做什麼？

——不知道。之前說如果真的那麼想運動，就選擇至少能賺錢的高爾夫球。不過現在連那個也沒了，只說在外面不要當個讓他們丟臉的小孩。他們自己隨意決定要生下我，憑什麼他們訂定的任務得由我來完成？老是威脅我說會後悔，就算會後悔也是我自己的事不是嗎？我只好照我的名字活下去，既然叫我李度蘿[16]，我就得變成一個神經病啊，呵。

盡情發洩後，不知道是不是心情變好了，度蘿嫣然一笑。離開圖書館前，她問我書店在哪，我告訴她地址並問她要做什麼。

——這裡如果不讓我運動的話，我打算去那動。

度蘿這麼回我。

54

我的模擬考成績總是介於中間。最擅長數理科，科學研究、社會研究則維持一定程度。問題是語文科，怎麼能有那麼多含義，每個意思還都不一樣？作者的用意又為什麼要藏得那麼深？字裡行間的意思總是跟我猜想的不一樣。

說不定了解語言就跟要掌握對方的情緒和感情差不多。扁桃體小的話大體上智力也會較低下的說法也是由此而來，因為難以理解基本的脈絡，所以推理能力不高，智力也跟著下滑。我很難接受語文科成績表上印

16. 譯註：韓文的神經病發音為「또라이」，與「度蘿」發音相近。

的數字，因為最想做好的卻最不擅長。

書店整理進度緩慢，要做的事其實就是處理書而已，但工程極為浩大。把書一本本拿出來拍照，如果要上傳到二手書網站，掌握書況是很重要的。我沒想到書店裡原來有這麼多書，腦中浮現了擺在每一格裡的無數想法、故事、研究結果，還有從未見過的無數作者，突然有了他們跟我距離非常遙遠的想法。這是我第一次這麼想，在這之前我一直以為自己離他們很近，就像肥皂跟毛巾，只要伸手就能碰到。但其實不然，他們跟我身處在截然不同的世界裡，也許是永遠也觸碰不到的地方。

——嗨。

肩膀旁傳來聲音。就好像被潑了冷水一樣，一句「嗨」頓時讓心臟一陣沁涼。是度蘿。

——我就是來看看，可以吧？

——應該吧，反正都來了。

我這麼回答。

——很少有客人會問老闆能不能來看看。如果是人氣高到需要預約的餐廳說不定會這樣問，但如妳所見，這裡並不是那樣的地方。

剛說完就覺得好像是在自白書店生意很差，感覺說錯話了。不知道度蘿覺得哪裡好笑，嘻嘻地笑著，笑聲就像數百個小碎冰掉落在地上。她嘴角還掛著微笑，漫無目的地翻起一本本的書。

——不過這店剛開不久嗎？書好像都還沒整理好？

——是止準備倒店。雖然用準備來講倒店這件事有點奇怪。

——真可惜，失去了能當常客的機會。

一開始度蘿的話並不多，但會做其他事。比方說，講完話就鼓起腮幫子，接著發出「噗」的聲音，一次將空氣吐出；或是用布鞋鞋尖咚咚咚地踩三下地板之類的。這樣擺弄一會兒後又重新開口問：

——你什麼都感覺不到的事，是真的嗎？

跟之前坤問的問題一樣。

——雖然不全是那樣，不過就一般基準而言，應該是。

——真神奇，我還以為那種事情只會出現在用ＡＲＳ[17]名目來募款的紀錄片裡。啊，抱歉這麼說。

——不會，沒什麼差。

度蘿喘口氣後說：

——那個，上次你不是問我為什麼要跑步嗎？我是想跟你說不好意思那時對你大呼小叫，所以才來的。其實除了我爸媽外，你是第一個問我為什麼要跑步的人。

——啊。

——所以說，我也是純粹好奇想問個問題。那你長大想當什麼？

我好長一段時間無法回答。如果我沒記錯的話，還是第一次有人這樣問我，所以只好如實回答。

——不太清楚，因為從沒人問過我那問題。

——那種事一定要有人問嗎？你自己沒想過？

——這問題對我來說太難了。

我猶豫了一下，但度蘿沒有要我再進一步說明，反而是找到了交集點。

——我也是。我的夢想已經蒸發了，因為我爸媽極力反對我走田徑……真是令人鬱悶的交集點啊。

度蘿不斷起立蹲下，不知道是不是想奔跑的身體又開始發癢，一有空就不斷動動身體，制服裙輕輕地擺動著。我將視線收回繼續整理。

——你好用心在整理啊！你很喜歡書吧？

——嗯，因為要分開了，所以我在跟它們說再見。

本來鼓起腮幫子的度蘿又發出噗地一聲。

——我對書還好，文字沒意思，不就一直被困在原地嗎？我喜歡動。

度蘿用手指快速地划過書籍，嗟嗟嗟，發出了雨一般的聲音。

——但舊書還比較好，紙的味道更清新，也有點像落葉的味道。

度蘿又自己嘻嘻笑了起來，接著說：

——我走啦。

沒等到我回話她就消失了。

17. 譯註：ARS，acute radiation syndrome，為「急性輻射綜合症」。

55

陽光明媚的午後，放學回家路上。空氣很冰冷，而太陽從遠處俯瞰著地球。也許是我的錯覺，說不定在熾熱的豔陽下，是令人無法忍受的熱氣。走出學校後沿著灰色牆壁轉個彎，突然一陣風吹過來。不知是從哪吹來的強風，樹枝毫不留情地大力搖晃，樹葉也飛快地振動。

如果我沒聽錯的話，那不是樹被風吹動的聲音，而是海浪聲。瞬間地上到處散落著形形色色的樹葉。明明還在夏天的尾巴、明明太陽正高掛天空，但不知為何我的眼裡卻只有滿滿的落葉。橙色、黃色的樹葉就像手朝著天空攏聚起來般，不停地傾瀉而下。

度蘿就站在遠處。強風將髮絲高高吹往左方，她的頭髮既長又充滿光澤，且每一根髮絲都如粗針一般厚實。她的步伐漸緩，但我卻沒有，於是我們之間的距離越來越短。雖然有說過幾句話，但這麼近距離看她還是第一次。白皙的臉頰上有少許雀斑，為了擋風而稍微睜開的眼睛上印著雙眼皮。一抬眼看到我，她就像被嚇到一樣眼睛突然睜大。

突然，風改變了方向。度蘿的頭髮也慢慢地往反方向飄去。帶有她香氣的風吹進了我鼻子，那是從未聞過的味道，像是落葉的味道，又像是春天嫩芽的味道，是令人一下子想起所有相反事物的味道。我繼續往前走，現在我們距離彼此只有一步之遙。她的髮絲打在我臉上。啊，我叫了一聲，很痛。突然有顆沉重的石頭噗通掉到了心上，是顆又沉又令人煩躁的石頭。

——抱歉。

度蘿這樣說。

——沒關係。

我答。原本放在心裡的話反射性地從嘴裡吐了出來。風用力地推著我，為了抵抗它，我加快了腳步。

那天晚上我失眠了。如同幻影般的影像不斷在我腦海裡出現。搖曳的樹、形形色色的葉子，還有站著將身體交給風的度蘿。

我突然起身到書架間翻找起國語字典，但不知道自己想找的詞彙是什麼。身體很熱，噗通噗通的脈搏聲在耳邊響起，手指頭還有腳底板就像有無數小蟲爬進身體一般地刺癢。不是什麼舒服的感覺，頭又痛又暈的，儘管如此腦海裡仍不斷浮現那瞬間，度蘿的髮絲碰到我臉上的那瞬間，那觸感、那味道還有那空氣的溫度。我直到黎明天色漸漸變白時才入睡。

56

一到早上，那股熱氣就消退了，但卻出現了陌生的症狀。一到學校就看見某人的後腦勺閃閃發亮，是度蘿。我轉過身，一整天心口卻熱得像有無數芒刺在上。

太陽下山之際，坤來店裡找我。不知道為什麼我開不了口，至於坤在說什麼，也不太能專心聽。

——怎麼了嗎，你？臉色看起來不太好耶。

——痛。

——哪痛？

——不知道，全身上下都痛。

坤找我去吃點東西，但我拒絕了。坤不開心地嘖嘖兩聲後就走了。我動了動四肢無力的身子，不太清楚到底是哪裡不舒服。一走出店就遇到了沈博士。

——吃晚餐了嗎？

他這麼問，我搖了搖頭。已經快晚上了。

這次是蕎麥麵。說是青少年吃這個熱量太少，又幫我點了個炸蝦，但我沒碰。在沈博士細嚼慢嚥麵條時，我將自己身體遇到的奇怪症狀都告訴他。每句話都在嘴裡轉了好幾回，所以即使是很短的一句話也花了比平常更久的時間。

——好像是感冒症狀，所以吃了藥。

好不容易把話都說完了。沈博士推了推眼鏡，視線移向我瑟瑟發抖著的雙腳。

——那，接下來再說得更詳細點吧？

——比剛剛那些再更詳細？怎麼更詳細呢？

我一反問沈博士便笑了。

——怎麼說呢，我只是在想，是不是有你不知道怎麼正確表達所以才沒說出來的話。所以你能更仔細地說給我聽嗎？像是什麼時候開始出現那種症狀，比如說有沒有什麼契機觸發點之類的？

我瞇起眼睛回想觸發點。

——是風。

——風？

博士裝出誇張的表情跟著我瞇起雙眼。

——不太好解釋，這樣您還是願意聽嗎？

——當然。

我深深吸了一口氣，接著將昨天發生的事盡可能地努力詳細說明。突然認真說起這件事，才發現真是無趣的故事。風吹葉子落，度蘿的髮絲甩到我臉上，那一剎那我的心就像被堵住一樣地煩悶……既無綱要也沒脈絡，更談不上是閒聊的故事。但在我說這些話時，沈博士的表情漸漸變得柔和起來。等到故事都說完，他的臉上掛著一個大大的微笑。他朝我伸出雙手，一碰到我的手，博士就用雙手包著我的手握了握。

——恭喜你，你正在發育，這是很值得高興的事。

臉上依舊掛著微笑的他接著說：

——你比今年年初長高了多少？

——九公分。

——你看，這是很驚人的成長速度。身體發育頭腦也會跟著發育。我認為你的腦結構圖好像變了很多，如果我是神經外科醫生，現在就會讓你去拍個ＭＲＩ[18]做確認。

我搖搖頭，拍照對我來說不是什麼愉快的經驗。

——我還沒想過。既然要做的話，就等到扁桃體再膨脹一點吧。而且其實我也不確定這是不是該慶祝的事，覺得不太舒服而且也睡不太著。

——本來對異性的關心就是這樣的。

18. 譯註：ＭＲＩ，Nuclear Magnetic Resonance Imaging，簡稱ＮＭＲＩ或ＭＲＩ，意即核磁共振影像。

——是說我喜歡那孩子嗎？

話一出口我就後悔了。沈博士依舊笑笑地回答：

——那個，只有你自己內心知道。

——不是心而是腦吧，因為所有的一切都是跟隨著大腦的指示而已。

——就算是那樣，我們還是稱之為「心」。

正如沈博士所說，我的身體一點點起了變化。好奇的事越來越多，但也漸漸不想像之前那樣，把我的好奇心都一一告訴沈博士。話在嘴裡打轉好幾回，連單純的問題都要拐好幾個彎才能說出口，也開始在紙上畫些沒意義的塗鴉，想說這麼做的話頭腦會比較清楚，但不知怎麼回事，只是不斷重複寫著各個詞彙而非完整的句子。等到發現那些詞彙是什麼意思時，常常會把紙揉成一團或突然站起。

煩人的症狀仍持續出現，不，應該說隨著時間過去好像更加嚴重了。只要看到度蘿，我的太陽穴就會隱隱作痛。就算從很遠的地方、就算在一大群人中傳來她的聲音，耳朵也會馬上豎起。就像在夏天穿的春季外套一樣，不知不覺我對比大腦還先行動的身體開始覺得厭煩，厭煩到如果可以，真希望能整個脫掉的程度。

57

度蘿常來玩，但來的時間並不固定。有時週末突然經過，有時平日晚上來。度蘿來的時候，我的背後總是隱隱作痛。就像提前感覺到地震的動物，還有暴風雨來臨前會爬出地面的昆蟲似的。

感到渾身發癢而向門外走時，一定會在地平線那端看見那女孩的頭頂越來越高。一看到那場景，我就好像看到什麼不吉利的東西，立馬轉身回店裡，假裝什麼事也沒發生過，繼續做我的事。

雖然說要幫我整理書，但度蘿一發現自己喜歡的書，就會坐下來一直盯著同一頁。她對大自然圖鑑或像是昆蟲、動物圖鑑這類很感興趣。那孩子不管在哪都能發現美，像是烏龜的龜殼、東方白鸛的蛋，就連在秋天濕地裡的蘆葦，都是能被她找出對稱和大自然的驚人作品。度蘿很常說「美」這個字，雖然我知道那個字的意思，但無法清楚地感受到它的燦爛。

秋天漸漸成熟，在把書店裡的書都整理好以前，我跟度蘿聊了宇宙、花還有大自然。包括宇宙的大小、把小蟲溶解後吃掉的花，還有倒過來躺著游泳的魚。

——你知道嗎？雖然我們都以為恐龍很大，但其實也有低音提琴大小般的恐龍，就叫美頜龍。一定很可愛！

度蘿膝蓋上放著一本花花綠綠的童書[19]。

——那本書我看過。小時候我媽媽念給我聽過。

——你還記得念這書給你聽的母親？

我點點頭。浴缸大小般的棱齒龍、跟小狗差不多大的微角龍、五十公分長的微腫頭龍，還有跟小熊玩偶一樣大的鼠龍，那些又長又奇怪的名字我都記得。度蘿嘴角微微上揚。

——你常去找你媽媽嗎？

——嗯，每天。

度蘿遲疑了一下。

——我也能一起去嗎？

——嗯。

還沒想好就先脫口回答了。

母親的病房窗邊放了一個小型的恐龍模型，是度蘿在路上買的。這是我第一次跟別人一起來看母親，雖然我知道有時候沈博士會來探望母親，但我們都沒問過對方要不要一起來。度蘿微笑地看著母親，小心翼翼地握住母親的手輕輕撫摸。

——您好，我是允載的朋友，我叫度蘿。阿姨妳好漂亮喔！允載他有乖乖上課也很健康，阿姨妳一定要起來看看他現在的樣子，阿姨一定很快能康復的。

19. 原書註：恐龍相關童書是伯納德・莫斯特（Bernard Most）的作品，《最小的恐龍》（韓國飛龍沼出版社，二〇〇三年）。書中恐龍雖是根據此書本文描寫而成，但恐龍的實際大小則是依據研究結果來敘述。

度蘿臉上依舊掛著微笑，往後退了一步，接著悄聲道：

——你也試試。

——試什麼？

——像我一樣。

——反正媽媽也聽不到。

不同於降低音量的度蘿，我用無異於平常的語調說著。

——又不是奇怪的行為，只是跟你媽打個招呼而已。

度蘿輕輕推了我。

我慢慢地走向母親。依舊是過去幾個月以來我看見的樣子。因為從未試過所以無法輕易開口。

——要我出去嗎？你想一個人待著？

——不用。

——如果我太勉強你的話……

那一刻從我嘴裡跑出了一聲「媽」。我靜靜地對母親說著這段時間發生的一切，突然發現好多話都沒有說。當然了，因為什麼話也沒說過。我慢慢地說，說外婆離開人世只剩我自己一個；說我已經上高中；說冬天、春天跟夏天都走了，現在已經是秋天；說雖然努力撐下去但最後還是把書店收起來了，不過就算這樣也不會覺得抱歉。

我說完便退到後面，度蘿衝我笑了笑，母親依舊盯著天花板上的星座。但真的對母親說起話來，才發現好像也不是那麼沒意義的事。突然覺得說不定這跟沈博士一邊懷念妻子，一邊烤著麵包是差不多的意思。

58

跟度蘿走得越近，跟坤那傢伙就越奇妙地，好像有了秘密。不知道是不是巧合，兩人從未在同樣的時間來訪。坤不知道在忙什麼，來的次數漸漸變少，但每次來就一定會吸吸鼻子。

——你身上有可疑的味道。

——什麼味道？

——不明的味道。

說完就瞪大眼睛看著我。

——你有事瞞著我嗎？

——也許吧。

本來想說如果坤繼續追問的話，我就要說出度蘿的事。誰知道坤居然說，那就算了，就沒再問了。

那時起，坤開始跟其他學校的學生走得很近。是以粗暴聞名的少年們，裡面還有幾個是坤在少年感化院的同學跟學長。其實最出名的是一個叫「包子」的人，我也曾在放學路上看過他跟坤講話。包子長得跟他的外號不搭，讓人聯想到竹子。身高就像竹子一樣長，身體則像鐵竿一樣細瘦，手臂和大腿都像樹枝一樣瘦巴巴的，但是樹枝末梢的手跟腳則像包子一樣厚實，就好像揉出厚厚的麵糰黏在用樹枝捏成的娃娃四肢上。但其實他被人叫包子是有其他原因的，聽說他會用他那碩大的拳腳把看不順眼的人打到臉變成包子一樣。

——跟他們玩很開心，也很聊得來，知道為什麼嗎？至少不會給我貼標籤，說什麼我是這樣的人，所以必須要做這做那的。

雖然坤覺得從包子那些人那聽來的故事很有趣，還說給我聽，但在我耳裡聽起來完全不像是有趣或讓人開心的事。儘管如此坤還是一個人笑得很燦爛，越說越多。安靜地傾聽，是我唯一能做的。

學校方面一直關注坤。依舊常有學生家長打電話來，要是他再被抓到把柄的話，說不定就又要轉學了。雖然坤沒有闖禍，只是上課時一直趴著睡覺，但對他的評價每況愈下，常常能聽到孩子們辱罵坤的言語。

——還是這樣，乾脆我來搞個大條的？說不定大家都在等這個啊。

不斷嚼著口香糖的坤裝作一副若無其事的樣子這麼說。那時我以為他只是隨口說說，但事實並非如此。下學期過一半之際，坤變了個人。好像是為了讓自己墜入地獄而煞費苦心，就像年初時對我那樣，只要有人跟他對到眼，便開始辱罵對方。上課時，不是蹺著二郎腿坐得歪歪斜斜的，就是明目張膽地做起別的事。被老師糾正的話就翻白眼回應，再擺出一副無可奈何的樣子敷衍地調整坐姿，最後老師為了課堂的和平也不再說什麼了。

每當看到坤這麼做時，我心裡頭就有一塊石頭掉落，就像度蘿的髮絲碰到我時一樣，但是是顆比那時更可怕的不明石頭。

59

十一月初，下過一場雨後，天氣正式進入晚秋。書店也整理得差不多了，能賣的書都賣了，剩下的回收就好。不久後就要離開這裡，之後要住的考試院也找好了，到搬家前的這段時間決定先跟沈博士住。望著空蕩蕩的書架，突然有種事情告一段落的感覺。

關掉燈後深吸一口書的味道，對我而言就像風景一般熟悉的味道，但那裡好像有什麼不一樣。突然內心啪一聲，有個小小的火苗被點燃了。我突然想了解字裡行間、想成為真的能看懂作者們所寫文字意義的人、想認識更多人、聊更深入的話題、想知道人是什麼樣的存在。

有人走了進來，是度蘿。我連招呼都沒打，想趕在忘記前趕快說出，在心中點燃的火苗熄滅之前。

——我什麼時候能書寫？書寫關於我自己。

度蘿的眼睛看得我雙頰發癢。

——連我自己都理解不了的我，能讓別人理解我嗎？

——理解……

度蘿小聲地說著並轉過身來，突然站到我胸前，她的呼吸碰到我的脖頸，心跳一下子便怦怦地跳著。

——你，心跳真快。

度蘿輕語。豐厚嘴唇裡吐露出的每個音節，都一一碰到我的下巴令人發癢。我下意識深吸一口氣，她呼出的氣息都被吸入我體內。

——你知道自己現在為什麼會心跳加速嗎？

——不知道。

——因為我靠近你，你的心開心得鼓掌。

——啊。

我們四目相接，兩人都沒避開視線，度蘿睜著眼慢慢靠近，還沒反應過來嘴唇就碰上了。好像碰到抱枕一樣，柔嫩又濕潤的嘴唇輕輕壓在我唇上。我們維持這樣的狀態深呼吸了三次，胸部起起伏伏，又起起伏伏，又再次起起伏伏。接著我們同時低下頭，分開了嘴唇，額頭互相貼著。

——我剛剛好像有點理解你是怎麼樣的人了。

她盯著地板說，我也看著地板。度蘿的鞋帶鬆掉了，鞋帶尾端跑進了我鞋子底下。

——你很善良，而且平凡，但很特別。這就是我理解你的方式。

度蘿抬起頭，雙頰紅紅的。

——這程度的話。

度蘿喃喃自語。

——現在我也有資格出現在你的故事裡了嗎？

——也許。

——真是令人不悅的答案。

度蘿笑了，接著蹦蹦跳跳地離開了。

膝蓋一下子沒了力氣，緩緩地坐到地上。沒了想法的腦袋突突地跳著，全身像鼓一般咚咚咚地響著。不要再跳了，別跳了，就算不跳成這樣也知道我還活著，如果可以的話真想這樣約束自己。不斷來回搖搖幾次頭，活著活著卻不知道的事實在是太多了。就在那時，我突然感受到一股奇怪的氛圍而抬起頭。坤站在窗外，我們互相對看了好幾秒。坤的臉上帶著淡淡的笑容。他轉身離去，漸漸消失在我視野裡。

60

休學旅行要去的地方是濟州島。雖然也有人不想去，但純粹不想去並不能當作缺席理由。全校學生只有三個人沒去，包括我。其中兩人是因為參加比賽，我則是因為不能放著母親一人所以被允許。

我每天都到寂靜無聲的學校看一整天的書，約聘老師也形式上地點名。就這樣過了三天，大家都回來了，但不知道為什麼感覺氣氛一團亂。

事情發生在旅行最後一天。回學校的前一晚，孩子們正熟睡時，本來另外收著準備拿來買零食的班費全部消失了。檢查了隨身行李，最後在坤的包裡發現裝有班費的信封。坤說不是他做的，其實他有不在場證明，那天晚上他偷跑出宿舍，在濟州市區悠閒地逛到早上才回來。網咖老闆也能幫忙證明，坤在網咖邊啜飲著啤酒，邊一個人玩了一整夜的遊戲。

儘管如此，大家還是異口同聲地說是坤做的。不管是有人指使去偷的，還是事先就串通好，都是坤做的。大家都這麼說。

不管真相是什麼，結束休學旅行的坤只顧著趴睡。到了下午允教授找來學校，聽說把錢還了。孩子們整天手機不離身一直傳訊息，通訊軟體的通知音效此起彼落地響著，不用看也知道他們在說什麼。

61

幾天後的第四節國文課，事件爆發了。睡醒的坤懶洋洋地起身走到教室後面，老師無視他繼續講課，但突然傳來嚼口香糖的嘖嘖聲。是坤。

——吐掉。

說話的人是即將退休的國文老師，但坤沒有回應。一片寂靜中只有嚼口香糖的聲音尖銳地劃過空氣。

——要麼吐掉，要麼出去。

話還沒說完就聽見呸地一聲，口香糖以拋物線之姿掉到了某人腳下。老師砰地一聲將書闔上。

——跟我來。

——不要咧。

坤雙手抱著後腦勺，肩膀靠在牆上。

——就算去了你能對我做什麼？頂多就是把我叫到教務處後威脅我，或是打電話給那個叫爸爸的傢伙讓他來學校，不是嗎？想打就打，想罵就罵，不用忍。大家為什麼都不能真性情一點？去你的。

國文老師臉上的表情沒有一絲變化。就像從數十年的教職生活中學到的技術一樣，老師動也不動地持續盯著坤幾秒後，就直接走掉了。但波瀾卻在留下來的學生間爆發了，每個人都假裝低頭看著放在自己眼前的書，那樣無聲的波瀾。

——想賺錢的傢伙就給我出來。

坤邊嘻嘻笑邊對大家這麼說。

——沒人想挨個幾下賺錢的嗎？啊，當然等級不同，價錢也會不一樣。臉上挨一拳就是基本價十萬，流血的話加五十萬，骨頭斷掉就兩百萬。沒有人要出來嗎？

教室裡充滿坤的呼吸聲。

——連去福利社的幾塊錢都計較到不行的傢伙們，怎麼現在大氣都不敢吭一聲啊？說話啊！都這麼沒勇氣是要怎麼在這險惡的世界活下去？你們這些神經病、白痴、狗崽子。

承載所有力氣的最後一句話迴盪在走廊裡。坤的身體哆嗦抖著，噙著不明意義笑容的嘴巴快速抽動著。坦白說，看起來像是一臉要哭的樣子。

——別說了。

我開口說道。坤的眼睛一下子錚地發亮。

——別說了？

坤緩緩起身。

——別說了的話要幹嘛？鞠躬道歉寫檢討書嗎？還是要跪在地上求

原諒？你來說說看啊，我，能，做什麼？去你的神經病。

我無法回答，因為坤開始亂丟他視線所及之物。到處傳來女孩子的啊啊尖叫聲還有男孩子們的喂喂喂聲音，就好像分部的合唱團一樣令人感到刺耳。教室內亂成一團，場面混亂到讓人好奇怎麼能在那麼短的時間內就變成這樣的地步。書桌還有椅子都朝地上倒下，而掛在牆上的相框和時間表也整個歪斜，就像把教室整個抓起來大搖一陣似的。孩子們完全不敢動，好像發生了地震一樣緊貼著牆壁。那時不知道從哪傳來喃喃自語的聲音，明明是自言自語，但卻像喊叫一樣刺進了耳朵。

——垃圾……

坤轉頭面向聲音來源。站在那的是度蘿。

——滾。不要在這裡晃來晃去的，滾去適合你的地方。

度蘿的表情，嗯……是我完全無法了解的表情。眼睛、鼻子、嘴巴都在原處，眼睛朝上延伸，鼻孔稍微張開，嘴巴就像在笑一樣，一邊嘴角往上捲，不知道為什麼正微微抖著。

教室門被打開，班導衝了進來，其他老師也一起。但在他們有所行動之前，坤已經咻地從後門消失了。誰也沒有叫住或留住坤，就連我也是。

62

傍晚，坤到書店找我，漫無目的地踢著空書架放話說：

——你命真好啊。明明是機器人還知道怎麼談戀愛，連幫你說話的婊子都有了。她叫我滾還真是嚇到我了。小子，還能得到這麼多明明感覺不到的東西，你真好啊。

突然一片沉默。坤邊說著，不要怕，不要怕，我們之間，這沒什麼大不了，邊擺擺手道。

——不過話說回來，我就問你一件事。

坤正視我的雙眼。

——你也覺得是我？

終於坤提起勇氣問。

——我沒去。

——你只要回答，是不是也覺得是我？

——你是在問我可能性嗎？

——沒錯，就是可能性，是我做的可能性。

——那裡的每個人都有可能啊。

——其中我的可能性最高？

坤點點頭莞爾一笑。

——老實說的話。

我緩緩開口：

——大家都那樣想你其實不奇怪，因為你有很多給人那樣遐想的因素。如果不是你，倒也想不太到其他人。

——原來如此。我也覺得是那樣，所以沒有繼續堅持。我講過一次，我說不是我做的，但沒有用。覺得太浪費唇舌我就沒說話了，但那個叫爸爸的傢伙連問都沒問，就把錢直接還清了。差不多有幾十萬耶，有那樣的爸爸我應該要很驕傲嗎？

我什麼話也沒說，坤也好長一段時間沒開口。

——但是，我沒那麼做。

語調微微上揚。時間靜靜地流逝著。

——我這個人啊，本來想照著別人怎麼看我，我就怎麼活。其實那也是我最會的。

——什麼意思？

——我不是說過嗎？我想變強。我想了很久，怎樣才能變強？當然也有很認真念書或健身把自己變強的辦法，但那些跟我不太搭不是嗎？太晚了，我已經，太老了。

——老了？

我反問。老了。說這話看著坤的那瞬間，我突然有種他真的會變老的想法。

坤點點頭。

——嗯，老了，老到無法挽回。

——所以？

我問。

——所以，我要變強，活得像我走過來的人生一樣。我想用對我而言最自然的方式贏一次，如果不能避免被傷害的話，乾脆由我來帶給別人傷害。

——怎麼做？

——不知道，但應該不難，因為那是跟我差不多的世界。

坤冷笑一聲。本來打算說些什麼，但坤已經走到外面了。他突然回過頭留下這段話：

——以後說不定不會再見面了。我們，不要kiss goodbye，改成這個。

坤眨眨眼，偷偷地比出中指。是很溫柔的微笑，那是我最後一次在他臉上看到那樣的笑容。後來坤就消失了。

接著悲劇便以一個迅雷不及掩耳的速度展開。

四

63

偷竊事件的犯人證實為其他人。是學期初，在孩子面前大聲嚷嚷地問我看著外婆死在自己面前是什麼感覺的孩子。他告訴班導是自己策劃的，目的不是錢，而是想知道陷害別人後，其他人會有什麼反應。班導問他為什麼這麼做，他回說：「因為好像很有趣。」

儘管事實如此，也沒有人向坤道歉。越過孩子們的肩膀就能瞧見「不管真相是什麼，反正就這樣放任允以修他還是會惹事的。」等諸如此類的話出現在他們的聊天群組裡。

允教授的臉好像數日未進食一樣地消瘦。將身體靠在牆上的他，用那乾到不行的嘴唇說道：

——我長這麼大從沒打過人，我從不認為用暴力能阻止任何人。但是、但是啊，我居然打了以修兩次。除此之外，我想不到其他能阻止他的辦法了。

——一次是在披薩店吧，我在玻璃窗外看到了。

允教授點點頭。

——我試著跟披薩店老闆協商，還好沒人受傷，所以事情也就這樣解決了。那天我把他強行塞進車裡載他回家，回家路上我們一句話也沒說，就算到家以後也是，因為我馬上就進了房間。

允教授的聲音開始顫抖了起來。

——自從那傢伙回來後，很多事都變了，連為妻子的死去而感到悲傷的時間都沒有。我太太一定作著我們一起生活的夢吧，但有那個孩子的家讓我感到非常不自在。不論是看書還是躺在床上，一刻都無法不去想，怎麼會變成那副模樣？到底是誰的錯……

教授深呼吸好幾回後才又重新開口：

——惋惜又難過的心情越被放大，再加上對那個問題沒有適當答案的時候，人就會往不好的方向思考，我也是。要是沒有那傢伙的話，如果他永遠都不回來會怎麼樣呢？常常會有這種想法……

教授身體開始抖動。

——你知道更可怕的是什麼嗎……是我有了如果一開始沒有生下他、最初那孩子沒有出生的話，那一切應該就會比現在更好的想法。哦！我真不敢相信我居然在你面前說這個……

眼淚沿著教授的脖子流進毛衣裡。後來的話都被哭聲掩蓋過，聽不太清楚在說什麼。我泡了杯熱可可放在他面前。

——聽說你跟以修關係很好，也來家裡找過他。怎麼能做到這種地步？在遭遇那件事之後。

允教授望著我。我說了我能回答的最單純的答案。

——因為坤是善良的孩子。

——你是這麼想的嗎？

我知道，知道坤是善良的孩子。但關於坤，如果要更具體地說，只能說出他打痛我、他把蝴蝶撕裂、他對老師不禮貌，還有他向孩子丟東西這些事。語言這東西就是如此，就像要證明以修和坤是同一人一樣困難。所以我這麼回答。

——我就是，知道。坤他是個好孩子。

聽我這麼一說，允教授微微一笑，但那笑容持續不到三秒便又垮了下來，因為他又哭了起來。

——謝謝你啊，謝謝你能這麼想。

——但您為什麼要哭？

——我為自己沒能這樣想而感到過意不去。還有聽到你說他是善良的孩子時，我的內心竟然覺得感謝而對自己感到很荒唐。

允教授斷斷續續地說著，話裡還夾雜著哭聲。離開前他猶豫了一下又補充說：

——如果以修有聯絡你的話，能幫我轉達一下嗎？叫他一定要回來……

——為什麼希望他回來呢？

——都大人了講這種話雖然有點不好意思，但因為那段時間事情接踵而來，來不及一一回顧並擁抱他。我想有個重新開始的機會。

教授這麼回答。

——好的，我會幫您轉達的。

我向教授約定。

腦中閃過許多念頭。如果時光能倒轉的話，允教授會不會選擇不要生下坤呢？這樣一來，他們夫妻也不會失去那孩子，阿姨也不會因為自責而生病，更不會在後悔中逝世。坤犯下的那些讓人頭痛的作為，一開始就不會發生。這麼看來，也許坤不出生才是對的。因為，這樣一來，那孩子就不需要感受任何痛苦或失去。

但要是這麼想的話，一切都會失去意義，只剩下赤裸裸的目的。

等到天亮我的腦子才清醒過來。我有話要跟坤說，得跟他說句對不起。在你媽媽面前假裝是親生兒子、沒跟你說我有新朋友，還有對不起沒對你說事情不是你做的，我相信你。

64

要找到坤，想這麼做好像得先去找包子那傢伙。包子的學校位在紅燈區中間，是個讓人感到驚訝學校怎麼會蓋在那種地方的位置。如果是學校建好後才形成那樣的環境就另當別論，總之就是那樣。午後金黃色的陽光灑得長長的，幾名看起來完全不像學生的人在操場附近抽著菸。

一群人在學校前晃來晃去，其中幾個還撞了我，我說要找包子。要問坤去哪的話，只能問他了。如果是他，說不定會知道哪個地方會笑著揮手迎接坤。

包子從遠處緩緩走過來，細瘦身材映照出來的影子，看起來更像鐵竿了。近距離看越覺得他的手掌、腳還有臉都特別大，就像掛在樹枝上的果實。包子一點頭，那些人便輪番戳弄我的肋骨或翻看口袋。等到發現我比想像中還沒價值時，包子開口問：

——長得這麼斯文的孩子，找我有什麼事？

——坤不見了，我想你應該知道他在哪。不用擔心，不管你說什麼，我都沒打算跟大人說。

出乎意料地，包子輕易就回答了。

——鐵絲哥。

包子聳聳肩，頭向兩旁來回扭動，發出嘈雜的喀喀聲。

——坤那傢伙，好像去找鐵絲哥了。我先挑明啊，那跟我一點關係也沒有。鐵絲哥對我來說也是很難應付的存在，別看我這樣，再怎麼說我也只是個學生啊。

包子轉身拍拍自己背著的書包。

——他在哪？

叫不太出鐵絲這個名字所以只能這麼問。包子用舌頭在臉頰兩側來回繞圈。

——你要去？我不是很推薦耶。

——嗯。

我簡短地回答，沒什麼時間跟他耍嘴皮子。包子發出嘖嘖兩聲停頓了一下後，便說出離這不遠的港口名。

——那裡的市場巷尾裡有間老舊鞋店，賣跳舞穿的那種鞋，我也沒去過所以不是很了解細節。祝你好運，雖然應該沒什麼用。

包子用手做出槍的模樣，指著我的頭砰地一聲，接著消失在我視線裡。

65

去找坤之前我遇到了度蘿，她沉默了好一會兒才開口說抱歉。

——我不知道你跟他很要好，如果我知道的話就不會那樣說了。但、但總是要有人出來阻止。

她剛開始說話聲音雖微弱，但最後一句則加重了語氣。

——我真的很好奇，你怎麼會跟那種人走在一起……

度蘿喃喃自語。

那種人。是啊，大家都會那樣想，因為我也是那樣想的。我把之前對沈博士說的話也說給度蘿聽。說我在想如果能了解坤的話，說不定就能理解發生在外婆和母親身上的事；說就算這麼做，我還是希望至少能掌握一個世界的秘密。

——那你找到答案了？

我搖搖頭。

——但我得到了別的。

——什麼？

——坤。

度蘿聳聳肩又搖搖頭。

——那你為什麼要去找他？

最後她問。

——因為他是我朋友。

那是我的回答。

66

那地方的海風散發著一股既鹹又腥的味道，是會把季節和香氣都消除掉的味道。我假裝被風推著走，混入市場裡。一家有名的炸雞店前正排著滿滿的人潮。

包子並不是個優秀的指路人。就算問了賣跳舞鞋的地方在哪也找不到，不斷徘徊下最後走進了迷宮般的巷子。由於路太過錯綜複雜，只好走一步算一步。

冬天的黑夜很快就降臨了。才剛想說天色是不是變暗了，周遭就已經像來到半夜一般整片黑漆漆的。突然從某處傳來奇怪聲響，好像是什麼東西被折斷的聲音，又像是剛出生的幼犬哭聲，同時還參雜了幾個人的說話聲和笑聲。抬頭往聲音來源處望去，便可看到一棟昏暗建築物的大門半掩著，破舊的鐵門被風一吹便搖搖欲墜，裡頭傳來此起彼落的嘻笑聲。突然有股奇妙的空氣在我體內流動著，我努力想回想那東西的真面目，以及代表那個意思的詞彙。好像是以前也曾見過的景象，但卻想不起來。

就在那時。門吱一聲地打開，一群孩子一骨碌地走了出來，我馬上靠牆躲起來。一群看起來跟我同年或比我大兩、三歲的孩子打鬧著消失在黑暗中。一股熟悉的空氣又再度襲來。

我突然瞥見擺在門口的一雙尖頭皮鞋，是雙均勻撒滿金粉的華麗皮鞋。走近將皮鞋翻過來可以看到底部還加了一層柔軟的皮革，看起來像是跳拉丁舞時穿的鞋子。鞋子就好像在指引方向，向下延伸出一排樓梯。我緩緩朝昏暗的樓梯走下去。樓梯最下方堆滿了箱子，後面還有一個笨重的鐵門。

走向門前，長長的鐵竿卡在槽裡，雖然從裡面就能打開，但因為已經生鏽，所以花了些時間才將鐵竿抽出，推開了門。

眼前的景象一片凌亂。又髒又老舊的房間裡到處亂堆著各類物品，雖然像是某種秘密基地，但很難猜出裡頭發生過什麼事。

突然聽見窸窸窣窣的聲響，下一刻我們便看到了彼此。坤雙手抱膝蜷縮在地上，渺小又憔悴的坤，就這樣一個人，樣貌更加衣衫襤褸。既視感。我在尋找的詞彙就是這個。腦海中閃過「家族娛樂館」、雜貨店老闆的呼喊、迷路又年幼的我、突然出現在警局的母親抱著我的那瞬間。跳到下一個時間點，則是兩個女人倒在我面前的樣子……我甩甩頭。現在不是回想那些的時候。現在在我眼前的不是死去的雜貨店老闆兒子，而是還活著的坤。

67

坤睜開雙眼，好像完全沒預料到我會來這。那當然了。他用粗獷的聲音緩緩開口說：

——來這幹嘛？又是怎麼知道這的？真是……

不知道發生什麼事，坤臉上滿是瘀青，到處都是被打傷的痕跡，臉色也很蒼白。

——我去找了包子。先說好，我可沒跟別人說，包括你父親。

「父親」，還沒說完這個詞彙，坤就拿起一旁的空飲料罐丟過來。罐子飛過空中，掉落在滿是灰塵的地板後滾了幾圈。

——你才是，怎麼搞成這樣？先報警吧。

——報警？真是可笑的傢伙，你這人，真是去你的固執死了。

說完後坤以奇怪的聲音笑了起來。雙手抱肚、仰頭大笑般讓人感到煩躁的笑聲，還邊說你以為你這麼做，我就會感謝你嗎之類的話。我打斷他的笑聲。

——不要那樣笑，不適合你，也不像在笑。

——現在我連怎麼笑都要受你命令才行了嗎？我都說我要做自己想做的、待在自己想去的地方了，幹嘛還跑來這裡管閒事？瘋子，你算什麼？你說啊，你到底算什麼……

坤的叫喊逐漸變弱。我靜靜地看著他瑟瑟發抖的身體。才幾天不見，坤的臉就變了許多，粗糙的皮膚上籠罩一片陰影，好像有什麼東西讓他產生這麼大的改變。

——回家吧。

——真好笑，不要耍帥了。廢話少說，在我還好好說話前趕快滾，在我趕你之前快滾！

坤咆哮道。

——你還在這幹嘛？都被打成這樣了，你還覺得在這裡苦撐著就算是變強了嗎？那不是真正的強大，只是裝出來的。

——不要裝懂了，你這神經病。你懂什麼，居然對我大呼小叫？

坤大叫著。但不知道發生什麼事，突然他人像定格般呆住了。外頭傳來輕微的腳步聲，腳步聲迅速地靠近，一下子就到了門口。

——叫你快走啊。

坤的臉皺成一團。緊接著，那個人便走了進來。

68

比起人，更像個巨大的影子。有張讓人乍看以為超過二十五、三十五歲的臉蛋，又舊又厚的外套加上土黃色的燈芯絨褲子，還戴著一頂漁夫帽。因為戴著口罩所以看不清臉，穿著也很奇特。那人便是鐵絲。

——他誰？

鐵絲對坤問道。如果蛇會說話的話，好像就是這種聲音。坤緊閉雙唇不語，於是我替他回答。

——他朋友。

鐵絲挑了挑眉，額頭上好像多了幾條橫紋。

——朋友怎麼知道這裡？不對，比起那個，你怎麼會來這？

——我來帶坤走。

鐵絲緩緩坐進嘎嘎作響的椅子裡，他那巨大的影子也跟著小了一半。

——你是不是誤會什麼了？誤以為自己是什麼英雄？

他嘲諷著，語氣溫柔到如果不仔細聽的話還會誤以為是好意。

——坤有爸爸，所以要回家。

——閉嘴。

坤對我大吼，接著跟鐵絲說了幾句，鐵絲不斷點點頭。

——啊~原來你就是那孩子啊，我聽坤說過。雖然我不知道是不是真的有那種病，但怪不得你臉上表情沒什麼變化。一般人看到我都不會是那種表情的。

我繼續重複說過的話。

——坤跟我要離開這，幫他解開。

——坤你怎麼想？要跟朋友走嗎？

本以為坤繼續沉默不語，沒想到他嘖地一聲冷笑開口說道：

——我瘋了嗎？跟那神經病走。

——ＯＫ～也是，朋友這東西說有多堅固又會堅固到哪裡去呢？只是說說而已，畢竟這世上本來就有很多沒意義的詞彙。

鐵絲起身後彎下身子從懷裡拿出了什麼。是把薄而銳利的刀，每當刀鋒照到陽光時，就會反射出銀光，令人覺得刺眼。

——我給你看過這個吧，也說過總有一天會用到。

坤嘴巴微微張開，鐵絲把刀柄對著坤。

——用用看。

不知道是不是喘不過氣，胸部起起伏伏地。

——你看你看，怕了吧。因為是第一次，不用刺到最裡面，只是要你給他點顏色瞧瞧就好。

鐵絲冷笑一聲緩緩脫下帽子，瞬間有好多熟面孔閃過我腦海。很快我就想起來那些是誰的臉，米開朗基羅的大衛雕像還有美術課常在課本上看到的那些美的象徵。鐵絲的臉正好跟他們是一個模子印出來的，白皙的皮膚、如玫瑰般紅潤的嘴唇、接近淡咖啡色的髮色，還有直線般延展的精緻眉毛、既深邃又透亮的雙眼。神出乎意料地給了鐵絲一張天使臉孔。

69

鐵絲是坤在感化院的學長，他們曾遠遠見過彼此幾面。鐵絲犯下的錯和他的故事實在太刺激又危險，所以私底下大家都議論紛紛。他之所以被稱為鐵絲，也是因為無數傳聞都說他犯罪用的武器就是鐵絲。有時坤會把在感化院聽到的鐵絲故事，當作在轉述偉人傳記一樣冗長地敘述。

鐵絲覺得到別人底下學做事或是融進這個社會是很無聊的。他有個專為他本人設計的世界，就是站在別人到不了的頂端。雖然我不能理解，但被那個世界迷住的孩子們紛紛聚到鐵絲底下，坤也是其中一個。

——鐵絲哥啊，他說我們國家也該開放使用槍枝，要像美國還有挪威那樣偶爾發生槍枝掃射事件才行啊，這樣才能一次清掉一些廢物。不覺得很帥嗎？他真的很強。

——你覺得那樣很強？

——當然啊，他誰也不怕，就像你，我也想變成那樣。

坤這麼回答。他將這些告訴我的那天，是在盛夏的某一天。

70

現在站在我眼前的坤手裡拿著一把刀，呼吸聲大到就好像在我耳邊。他想做什麼？他想證明什麼呢？游移的瞳孔就像大珠子一般閃閃發亮。

——我只問你一句話，你是真心的嗎？

我悄聲問。但坤的專長就是打斷別人的話，在我還沒說出口以前，肋骨就先被坤踢了一腳，因為強大的衝擊，我被踹到了窗邊，本來放在一旁的玻璃瓶都掉到地上。

幾歲開始偷竊，什麼時候開始跟女人玩在一起，又是因為什麼事而進感化院，有些孩子總愛把這些事拿來炫耀。如果想在這種組織底下獲得認可的話，就需要一些像樣的打架史或勳章。坤會這樣邊被打邊忍耐，都是因為那種通關儀式。但我認為那些都是軟弱的證據，是憧憬強大而產生的軟弱表現。

我所認識的坤就只是個還沒懂事的十七歲男孩。明明弱得要死還假裝自己很強的、脆弱到不行的傢伙。

——我在問你到底是不是真心的？

我又問了一次，坤呼吸變得急促。

——我不這麼認為。

——閉嘴。

——我說我不這麼認為，坤啊。

——叫你閉嘴，混帳！

——你不是做得出那種事的人。

——靠！

他大叫，不知道什麼時候開始，叫聲中還帶點哭腔。我的腳好像被釘在牆上的釘子刺到，不停流血，看到血的坤就像個小朋友一樣開始抽噎起來。沒錯，坤就是這樣的傢伙。看到一滴血就會流下眼淚，看到別人疼痛自己也會感覺痛的孩子。

——我不是說了，你不是做得出那種事的人。

坤轉身背對我，用手臂遮住眼睛，身體不停顫抖著。

——那就是你，你就只是這樣的人。

我說。

——你最爽了……真的很爽。什麼都感覺不到。我也希望我能那樣……

坤喃喃自語著，語氣夾帶著哭聲。

——走吧。

我伸出手。

——不要待在這，跟我走吧。

——要走你自己走，臭小子，像你這種人懂什麼？

好不容易止住哭泣的坤破口大罵，彷彿那是唯一的出路。他不停地如吠叫般狂罵。

——夠了。

鐵絲舉起手制止坤。

——我看夠小鬼頭們的扮家家酒了。

他轉身面對我。

——帶他走，如果你想這麼做的話，但不能就這樣讓你帶走。你們的友情好像很了不起，如果是這樣，那你是不是該為朋友表現一下？

鐵絲輕摸下巴，坤的臉色漸漸發白。

——你能說說看嗎？你能為坤做什麼？

他的語氣很溫柔，說話時臉上帶著微笑，語尾的語氣又輕輕上揚的模樣，我曾學過那樣的行為就叫親切，但我知道那並不是真的親切。我這麼回答：

——全部都願意。

不知道是不是對我說的話感到意外，鐵絲瞪大雙眼哦吼一聲吹了個口哨。

——全部嗎？

——是。

——說不定會死耶？

去你的，坤小聲嘟囔。鐵絲一臉看好戲的模樣，換個姿勢坐了下來。

——那就試試看吧。我倒想看看，你能為這傢伙撐到什麼地步。

鐵絲笑了笑。

——如果撐不住的話也不用太自責，那只是說明你是個普通人。

坤緊閉雙眼。鐵絲慢慢朝我走來，我並沒有閉上眼睛，而是正視即將發生在我身上的現實。

71

後來有人問我為什麼要那樣做，為什麼到最後都不逃跑，我說我只是做了最簡單的事，對於感覺不到害怕的人唯一能做的事。

就像玄關燈開開關關一樣，意識也一下清晰一下模糊的。等到真的清醒過來，痛苦的程度又加倍了，痛到讓人驚訝為什麼人類的身體被設計成能承受這種感覺，痛到讓人覺得意識居然到現在還很清醒，這麼不合理的程度。

偶爾瞥見坤，時而模糊時而清晰，好像大腦發生什麼錯誤。我可以看見坤害怕的樣子，好像漸漸明白陷入恐懼是什麼意思了。在完全沒有氧氣的地方還要用力呼吸的那種感覺，坤就是這樣看著我的。

坤的臉逐漸模糊起來，我以為是我的視線開始模糊，但並非如此。坤的雙頰上滿是淚水。他哭喊著，住手，求你住手！你打我吧！他不斷地喊叫著。我雖然想跟他搖搖頭說不必這麼做，但已經沒有力氣了。

72

不過幾個月前的記憶，隱約地閃過我腦海。是蝴蝶的翅膀被折斷的那天、坤本來想教我什麼最後卻沒教成的那天、太陽西下之際，坤邊擦著倒在地上被撕碎的蝴蝶殘骸邊大哭著的那天。

——要是感覺不到害怕、痛苦還有自責就好了……

哭聲中參雜著淚水。我想了想後開口說：

——那可不是隨便一個人能做到的，你的感情可是非常豐富的，說不定你更適合去當畫家或音樂家。

坤笑了，一副要哭的樣子。

不同於象徵疼痛的呼吸聲都化成白煙的現在，那個時候還是盛夏。那時，那時的我們站在夏天的最頂峰。夏天，茂盛到令人驚訝的那個季節，一切都很鮮綠又茂盛的顛峰時期。我們所經歷過的一切，真的是，是真的嗎？

坤常常問我，感覺不到害怕、感受不到任何情感是什麼感覺？每次我一回答就又被打，儘管如此，坤還是繼續丟出一樣的問題。

我也有沒解開的疑問。我很好奇最初那個傷害外婆的男人是什麼心態，但那個問題漸漸往其他人身上轉移。明明知道卻裝作不知道的人們，我完全不知道該怎麼理解這些人。

那是去找沈博士的某一天。電視上一名因為轟炸而失去雙腿和單邊耳朵的少年正在哭泣，那是在講述發生在地球某處的戰爭新聞。看著電視畫面的沈博士並沒有任何表情，感覺有人走近，他轉過頭來，一看到我便笑得很熱情跟我打招呼。我的視線朝著對我露出笑容的沈博士後方的少年看去。像我這樣的白痴也知道，那孩子一定很痛苦，因為經歷那些可怕又不幸的事而感到十分痛苦。

但我沒問沈博士為什麼在笑。明明有人這麼痛苦，但背對那張臉後，為什麼還能笑得出來。

因為類似的情況不管在誰身上都能看到，隨意轉台的母親還有外婆也是一樣。太遙遠的不幸不是我的不幸，母親這麼說。

好吧，就算這樣，但那些明明看著外婆和母親卻什麼也不做的人呢？他們目睹眼前之事，不能說那是遠方的不幸，把這當成藉口。我想起當時合唱團中一名團員的採訪內容，他說因為男人的氣勢太過強烈，所以害怕得無法接近。

太遠就說因為遙遠所以沒辦法幫忙而不理睬；近的話又說太害怕和恐懼而沒人願意站出來。大多數人即使感覺到了也不會去行動，說是有同感但又輕易忘記。

就我所理解的來說，那並不是真心的。

我並不想那樣活。

坤的身體發出奇怪的聲音。就好像從胸口深處發出的又粗又深的聲音，像生鏽齒輪的滾動聲又像是禽獸的嗥叫聲。為什麼都到這地步了，他還要做這些沒意義的事？我的嘴裡不自覺地說出「真是令人心寒的傢伙」。

鐵絲直盯著坤。

——你就只有這點程度是吧？好，那就不要對你的選擇後悔。

鐵絲抓起放在坤旁邊的東西，是剛剛他拿給坤的刀。還來不及思考，鐵絲就把刀抵在坤的下巴。但他沒辦法傷害到坤，因為接下刀的是我，因為我正在死去。

73

我把坤推開的那瞬間，鐵絲的刀無情地插入我胸口。坤對著鐵絲大叫「惡魔！」接著鐵絲將刀拔出。紅色液體，又暖又黏的鮮血快速地流出身體。我感到一陣暈眩。

有人晃了晃我的肩膀。坤將我抱住。

——不要死，你說什麼我都願意做，不管什麼……

坤看起來快哭出來，不知道為什麼，坤看起來像被拋棄了一樣。我的眼角瞥見鐵絲倒在地上的樣子，我也不知道那時怎麼會說出這種話，我只是艱難地開口說了幾句：

——跟被你傷害的人道歉，真心向他們道歉，包括被你折斷翅膀的蝴蝶，還有你不小心踩到的昆蟲們。

我本來是來道歉的，結果卻叫坤跟人道歉。儘管如此坤還是點點頭。

——好，好，好。我會照做，所以拜託你……

坤緊抱著我不斷搖晃。我突然開始聽不見他的聲音，我的眼睛慢慢閉上，全身就好像把身體交給大海一樣地疲憊。現在我要回到我出生以前待的遠古地方了。腦海中就像在放電影一樣，原本很遙遠的一幕幕場景漸漸開始鮮明起來。

最後是下雪那天的場景，也就是我的生日。用鮮血染紅一片雪地的母親倒在地上，接著我看到了外婆，表情就像猛獸一樣兇惡。透過玻璃窗對我大叫：走、走、滾開！本來那種話是不好的意思，就像度蘿對坤大喊的一樣，是要對方遠離視線的意思。但為什麼？為什麼要對我說那種話呢？

血噴灑了一地。是外婆的血。眼前變得一片血紅。外婆會痛嗎？就像現在的我一樣。就算會痛，外婆是不是會很慶幸，因為感到疼痛的人是自己而不是我……

嗒。有滴淚掉到了我臉上。很燙，如同被燙傷般。那一瞬間我的內心深處好像有什麼東西，啪一聲漾開。奇怪的感覺湧了進來，不對，是湧了出去。在我體內某處的塞子裂開，情緒一股腦地湧了上來。我內心的某樣東西永遠碎掉了。

——我能感覺到。

我喃喃自語，那情緒的名字是傷心、開心、孤單、痛苦、害怕還是歡喜我並不知道，只知道我感覺到了某樣情緒。突然好想吐，一股反胃感朝我襲來，但仍覺得是一種很帥氣的體驗。頓時一股忍不住的倦意湧了上來，我慢慢閉上雙眼，哭著的坤也漸漸遠離了我的視線。

我終於成為了人，也在這瞬間，世界漸漸離我而去。

其實，這裡便是我故事的結局。

74

所以從這裡開始算是後話。

我的靈魂離開肉體從上俯瞰正抓著我哭泣的坤。後腦勺上禿掉的地方就像顆星星，突然想起我從未因這個而笑，哈哈哈，我發出笑聲。這就是我全部的記憶了。

再次醒來我已經回到現實，而現實就是醫院。接著好長一段時間都一直睡睡醒醒的，直到恢復到可以走路整整花了好幾個月。

臥病期間我一直作一樣的夢。地點是正值運動會的操場，我和坤站在塵土飛揚的太陽底下。天氣很熱，我們前方正要進行賽跑。坤笑了下把什麼東西放進我手裡，一張開手掌便看到半透明的珠子在我手上滾來滾去，中間刻有一條笑臉般的紅線。隨著珠子的滾動，紅線也跟著改變方向一下笑一下哭的。是李子口味的糖果。

我把糖果放入嘴裡，酸酸甜甜的，我分泌出許多唾液，用舌頭讓糖果在嘴裡滾來滾去，偶爾糖果與牙齒碰撞發出喀喀聲。突然舌頭感到一陣刺痛，又鹹又酸，腥味中帶點苦味，跟著一股香甜的氣味湧上，我急忙吸吸鼻子。

砰。遠處的空氣響起開始的信號。我們推開地面開始跑了起來。不是在比賽，只是單純的跑步。我們只要能感受到身體正劃破空氣就夠了。

我睜開眼睛時，沈博士就站在我面前。他跟我說了這段時間發生的事。

在我失去意識後，允教授和警察接著趕到。如果能靠我們的力量讓一切回到正軌應該會更帥氣，但在大人眼裡，我們可能還只是小孩吧。度蘿聯絡了班導，一些同學說了包子和坤的關係，所以警察才能找到包子，後來找到鐵絲所在位置也就不難。

鐵絲是被坤刺傷的，但沒有生命危險，已經比我早恢復正在準備開庭。他犯下的罪實在太多，無法一一列舉。後來我聽說，即便是在知道自己要付出的代價比想像中還要大時，他臉上依然掛著始終如一的微笑。他的內心深處，不對，應該說到底人類是怎麼設計的？希望在他人生中能有那樣的機會，有個讓他能換個表情的機會，我這麼想。

我想坤刺傷鐵絲的事應該會被當作正當防衛。坤正在接受心理治療，據說還沒準備好來見我。允教授向學校申請停職，說是要換個生活方式，只為了坤生活的方式。坤並未跟自己的爸爸說太多話，但允教授仍持續努力。

沈博士說我不在的時候，度蘿來過幾次，還把她留下的卡片交給我。一打開卡片就只看到一張照片而不是文字，很有度蘿討厭文字的風格。照片裡的度蘿正在奔跑，雙腳騰在空中的模樣就像飛起來一樣。度蘿轉到了有田徑隊的學校，一轉過去就在區大賽中拿下了第二名，看來是找回曾經蒸發掉的夢想了。神經病。我想就算度蘿的父母親這樣繼續叫她，她還是會笑得很開心。

——你越來越有表情了啊。

沈博士突然對我這麼說。我跟沈博士說了那個可怕夜晚裡發生的驚人故事，還有我身體和心靈突然產生的奇怪變化。

——等到都復原後就去拍個ＭＲＩ吧。臨床檢驗也都全部重做一遍，看來已經到了能確認你的腦袋產生多少變化的時候了。其實我一直搞不懂你這毛病。雖然我也曾經是醫生，但醫生很喜歡貼標籤的，這樣才能接受奇怪的現象或人。當然很多時候這招很明確而且有用，但人的腦袋其實是比想像中還要奇妙的東西。所以我其實還是相信心是可以支配大腦的人，我的意思是說，也許你只是以跟別人稍微有點不同的方式在成長而已。

博士笑了笑。

——成長，是指改變的意思嗎？

——應該是吧。不管是往不好的方向還是好的。

我迅速回想了一下過去跟坤還有度蘿一起度過的幾個季節。並且希望坤改變的方向是後者。雖然在這之前要先思考一下什麼是「好的方向」。

沈博士說要去個地方後走了出去，離開前他猶豫了一下，接著意味深長地說：

——我最討厭提前跟別人說禮物內容的人，但有時候，就像現在這種時候，嘴巴實在癢到忍不住了。我就給你個提示，等等你會見到某個人，我希望你會感到很驚訝。

接著他把坤要給我的信交給我。

——您走後我再看。

沈博士離開後我將信封打開。一張白紙被摺成四角，我慢慢將紙攤開，上面用力寫著又粗又短的寥寥數字。

對不起，

還有謝謝，

真心的。

真心的。我盯著這句話後面的句號看了好長一段時間。我希望這句話改變了坤的人生。我們還能再見嗎？我希望可以。真、心、的。

75

門打開，是沈博士。他正推著輪椅，而輪椅上的人對著我燦爛微笑。是我熟悉的笑容，我從出生就一路看著的笑容。

——媽。

聽到這句話的瞬間，母親眼淚奪眶而出。她邊摸我的臉又理了理我的頭髮邊哭泣著。但我沒有哭。不知道是不是情感還沒發達到那程度，還是說看到母親會哭這件事，已經超出大腦能力範圍了。

我擦去母親的眼淚擁抱了她。奇怪的是，越這麼做母親哭得越厲害。

我躺在病床的那段期間，母親奇蹟地醒了過來。大家都說不可能的事，結果母親卻做到了。但母親卻換了個說法，她說是我做到了大家都說不可能的事。我搖搖頭，想說點什麼，但這段時間發生的一切該從哪裡說起好呢？突然臉頰一熱，母親幫忙擦了擦，是我的眼淚。不知道從什麼時候開始，我的眼裡流出了淚水。我哭了，接著又笑了，母親也是。

尾聲

第二十個春天來臨，我從學校畢業成為了別人所說的大人。

公車裡傳出慵懶的歌曲，每個人都在打瞌睡。沿著車窗經過了春天。春天，春天，我是春天啊，無數的花這麼呼喊著。我經過那些花去看坤。沒有什麼目的也無話可說，只是，去見他，見那個每個人都說是怪物的，我那善良朋友。

從這裡開始完全是另一個故事了，全新的、未知的。

我也不知道那故事會變成什麼樣的內容。就像我說的，其實什麼樣的故事是悲劇還是喜劇，是你、我，還有任何人永遠都不會知道的事。那樣斬釘截鐵地黑白分明，說不定一開始就是不可能的事。生活是嘗遍各種滋味後又無情流逝的。

我決定去碰撞看看。就像生活之於我，還有我所能感覺的一切。

作者的話

四年前的春天，小孩出生了。雖然有一些有趣的插曲，但既沒難產，也不感動，只是覺得既陌生又神奇。但幾天後，每當看到在床上蠕動的嬰兒，眼淚就會不自覺落下。到現在仍無法說明，那是用任何情緒都無法說明的淚水。

就只是，小孩實在太小了。就算只是從低矮的床墊掉到地上，或是放他一個人幾小時，都好像無法保障他生命的安全。光靠自己的力量什麼也做不了的小生命，就這樣被丟到這世界，朝著天空掙扎著。既沒有這是我小孩的真實感，就算走失後重新找回來，也沒有信心能認出他來。我曾問自己：不管這孩子是什麼樣貌，是否都能從一而終地疼愛他？即使是長大成完全不同於期待的面貌？從這個問題出發，我創造了兩個足以拋出「像我這樣的人，能夠說愛嗎？」這樣問題的孩子，也就是允載和坤。

每天都有小孩出生，每個都是充滿可能性、應該受到祝福的孩子。

但其中有些人會成為社會的脫節者，也有些人雖然含著金湯匙出生，但內心卻是扭曲的。儘管不常見，但也有時候會按照給予的條件，成長成令人感動的樣貌。

不知道這是不是很常見的結論，但我認為人類之所以會成為人，或是成為怪物，兩者都是源自於愛。我想寫一個這樣的故事。

初稿是在小孩滿四個月時的二〇一三年八月那段期間創作的，之後則在二〇一四年年底、二〇一六年年初的兩個月間專心校稿。但在剩餘的時間裡，我的內心總是牽掛著兩個少年的故事。所以從構思到完成，可以說整整花了三年多。

感謝以無盡的愛讓我擁有健全心靈的父母與家人。曾經有段時間我覺得很丟臉，認為自己這麼健全地長大沒有當作家的資格。然而隨著歲月流逝，想法也跟著改變了。從平淡的成長過程中我發現，我所得到的那些幫助和愛，還有無條件的支持是多麼稀有且珍貴的事。那對一個人類而言是多麼強大的武器，又能帶給他多少力量，讓他能無懼地接觸這個世界，這些都是我為人父母後才體會到的。

在這我也想感謝評審委員老師們。特別是因為有十一名青少年評審團在，我內心的某個角落也覺得更踏實了。也感謝我唯一的讀者H。H不斷地在閱讀我那些未能出世的文字，還把它們看作像樣的作品，放到自己的讀書清單中。如果沒有每次都給灰心喪氣的我帶來勇氣的H，我一定無法一直挑戰和碰撞下去。最後還要感謝創批青少年出版部的鄭小英、金映萱編輯，她們兩位對我來說就像是陌生世界裡的第一個朋友，想對妳們說聲對不起造成妳們的麻煩，也謹獻上我微薄的感謝，很榮幸能跟兩位一起合作。

我並不是那種對社會問題會勇敢出面或行動的類型，只是將我內心的某些故事化成文字表達出來而已。希望藉由這部小說，能有更多的人伸出援手，幫助那些受傷的人還有尚存希望的孩子們。雖然這是我遙遠的夢想，但仍如此盼望。孩子們雖然最渴望愛，但其實也是給予最多愛的存在，我想您也曾是如此。我也將我最愛的人，同時也是給我最多愛的人，他的名字寫在最前頭。

二〇一七年春天，孫元平

國家圖書館出版品預行編目資料

杏仁 / 孫元平 著；謝雅玉 譯--初版.--臺北市：
皇冠, 2018. 09
面；公分. --(皇冠叢書；第4714種) (JOY；214)
譯自：아몬드
ISBN 978-957-33-3395-1 (平裝)

862.57　　107013373

皇冠叢書第4714種
JOY 214

杏仁

아몬드 (Almond)

Copyright © 2017 by 손원평 (Sohn Won-pyung 孫元平)
All rights reserved.
Complex Chinese Translation Copyright is arranged with CHANGBI PUBLISHERS, INC.
through Eric Yang Agency
Complex Chinese Translation Copyright © 2018 by Crown Publishing Company, Ltd.

作　　者—孫元平（손원평）
譯　　者—謝雅玉
發 行 人—平　雲
出版發行—皇冠文化出版有限公司
台北市敦化北路120巷50號
電話◎02-27168888
郵撥帳號◎15261516號
皇冠出版社(香港)有限公司
香港銅鑼灣道180號百樂商業中心
19字樓1903室
電話◎2529-1778　傳真◎2527-0904
總 編 輯—許婷婷
責任編輯—蔡承歡
美術設計—嚴昱琳
著作完成日期—2017年
初版一刷日期—2018年9月
初版七刷日期—2023年7月
法律顧問—王惠光律師
有著作權・翻印必究
如有破損或裝訂錯誤，請寄回本社更換
讀者服務傳真專線◎02-27150507
電腦編號◎406214
ISBN◎978-957-33-3395-1
Printed in Taiwan
本書定價◎新台幣320元/港幣107元

• 皇冠讀樂網：www.crown.com.tw
• 皇冠Facebook：www.facebook.com/crownbook
• 皇冠Instagram：www.instagram.com/crownbook1954
• 皇冠蝦皮商城：shopee.tw/crown_tw